《百家字谜》编辑委员会

主 编：苏剑

编 委：武骝、蔡芳、黄全来、熊辉、苏颖、顾斌、王刚

● 学生灯谜读物 ●
百家字谜·第一辑

吴学平
字谜300

武 骝/编

中州古籍出版社
·郑州·

图书在版编目（CIP）数据

吴学平字谜300 / 武骝编 . — 郑州 : 中州古籍出版社, 2021.3

（百家字谜 . 第一辑）

ISBN 978-7-5348-9549-4

Ⅰ. ①吴… Ⅱ. ①武… Ⅲ. ①谜语 — 汇编 — 中国 Ⅳ. ① I277.8

中国版本图书馆 CIP 数据核字 (2021) 第 015693 号

出 版 社：中州古籍出版社
（地址：河南省郑州市郑东新区祥盛街27号6层
邮政编码：450016）
发行单位：新华书店
承印单位：陕西隆昌印刷有限公司
开　　本：889mm×1194mm　　1/48
总 印 张：28
总 字 数：600千字
版　　次：2021年3月第1版
印　　次：2021年3月第1次印刷

总定价：120.00元（全套10册）
本书如有印装质量问题，由承印厂负责调换

作者简介

吴学平(1927.5—)，号鲁同，福建闽侯人，1949年春迁居台湾。为台北集思谜社主要创会成员，继袁定华、来楚庚、黄永文后，膺任集思谜社社长，2007年10月荣获台湾谜学研究会"终身成就奖"。

1982年6月至1997年4月，先后在《谜谭》《谜汇》主持"鲁同商谜"征射达123期，历时近14年。2010年3月结集出版《鲁同文虎》。2006年1月《谜萃》创刊开始连载"吴学平先生作品"，至2010年10月第58期，共发表谜作近千条。

吴学平"制谜措面喜择成句，其来必有所本，以典雅高华为尚，设题不刻意堆砌铺张，但求扣合踏实贴切。运典以经史正传文籍为本，若稗官野史或江湖小说则不以为训"。他自我约束在谜面，谜底总不出现相同的字素(即所谓的"局部露春")。其畅游谜坛近六十春秋，是台湾谜界翘楚、中华谜坛名家。

序 言

苏 剑

　　汉字是中国文化标志性的符号,是记录汉语语言的文字,距今已有六千年左右的历史。汉字集音、形、义于一体,以其独特的美感和魅力卓立于世界各民族文字之林。古往今来,人们融合运用汉字音、形、义的灵性和特质,以特殊的思维方式诠释汉字、演绎汉字,创造出灯谜这种独特的中华民族传统文化形式。

　　灯谜题材包罗万象,无所不及,而所有灯谜都含有字谜的元素,可以说都是构建在字谜基础之上的。字谜在灯谜的"大家族"中虽形微体小,却是人们公认的"万谜之源"。字谜是最简易的灯谜,也是最灵活的灯谜要素,是学习猜制灯谜的基础。兹长安文虎社编纂出版《百家字谜》丛书,也是为发扬传承中华传统优秀文化而做的一件大有裨益的普及性事情。

　　20世纪80年代以来,是灯谜创作最为

活跃的时期,字谜创作也空前繁荣,尤其是字谜创作的手法有了开拓性的发展,表现形式更加多姿多彩,字谜作品数量亦蔚为大观。《百家字谜》丛书第一辑就是这个时期字谜艺术的结晶,是世纪之交海内外字谜创作的缩影,基本上代表了当代字谜创作的领先水平,反映出当代字谜创作的整体概貌。

《百家字谜》丛书是系统介绍当代灯谜名家字谜精品的系列丛书,"百家"入选者均为当代在字谜创作方面有突出成就或字谜艺术精湛的谜家。《百家字谜》丛书第一辑,共选编了10位谜家的字谜作品,可谓"臻臻至至,洋洋洒洒"。首批入选的10位谜家中,有已故灯谜泰斗柯国臻、字谜专家黄穆灿、台湾名宿吴学平,有德艺双馨的老一辈著名谜家郑百川、汪寿林,有承前启后的灯谜名家武骝、蔡芳等,也有近几年在字谜创作方面成绩显著的苏剑、章镳、熊辉等人。他们的字谜作品自成风格,各具特色,或古朴典雅,或清新自然,或白描写意,或灵巧奇趣,呈现出"百花齐放"的字谜艺术图景。

翻开《百家字谜》丛书,弘扬主旋律、突出正能量的灯谜作品俯拾皆是。例如:"织杼半融读书声（字）纾""教育后辈当尽孝（字）辙""寸土不丢保村庄（字）床""异地犹存故国心（字）域"以及"点滴改革见成果（字）单""和田名品，中国声誉（字）玉"，还有"四风之中奢为先（字）爽""为政不为民，民弃速罢之（字）整""奉献点点滴滴，赢得无上荣光（字）桃"等；再如："半掩浣花子美居（字）蒲""阳春晚景四方同，泊堤鹊影处处见（字）日"，等等。这些大手笔表现出了多样化的字谜之美。这些汉字和字谜的完美结合，让人感受到其无穷的艺术魅力。细细品读，在字形上能引起人们美妙而大胆的联想；在字音上能激发人们的兴趣，引起人们的共鸣；在字义上能增强或激发人们热爱中华民族文化的情感。汉字是字谜之源，字谜为汉字平添了新的文化内涵，丰富了汉字的艺术空间。

《百家字谜》丛书定位为普及型读物，可作为开展校园灯谜活动的读本，供中小学生和青少年爱好者学习猜制字谜借鉴之用。这套丛书，每个单行本由"作品精选"与"作品赏析"两部分组成。"作品精选"部分，选谜难易兼顾，雅俗共赏，每条谜都作了简注、解析,适合中小学生无障碍阅读。"作品赏析"部分,选取20—30条字谜代表作,邀请名家撰写评析短文,解读精华,激活亮点,启迪创作思路,有助于字谜猜制的普及和提高。

吾爱谜数年,又喜字谜创作,此次跻身其中,汗颜不已,自当是近距离学习前辈灯谜艺术造诣的绝佳良机,不敢懈怠。惟愿方家和读者打开《百家字谜》丛书这扇览胜之窗,尽情欣赏一窗美景、四面青山。纷呈的字谜精品,炼意传神,曲尽其妙,让你应接不暇;精妙的字谜赏析,酣畅淋漓,旨趣所归,让你品味称奇。步入这方园地,受各种典型谜法的浸濡熏陶,会让你起点更高、起步更实、起飞更快。《百家字谜》,带你跨进奇异的灯谜世界。

是为序。

2019年5月于西安白桦林居

目　录

作品精选

少笔画字 ……………………………………………… 003

5画字 ………………………………………………… 003

6画字 ………………………………………………… 006

7画字 ………………………………………………… 007

8画字 ………………………………………………… 013

9画字 ………………………………………………… 024

10画字 ………………………………………………… 032

11画字 ………………………………………………… 041

12画字 ………………………………………………… 048

13画字 ………………………………………………… 056

14画字 ………………………………………………… 066

15画字 ………………………………………………… 073

多笔画字 ……………………………………………… 078

作品赏析

飞入寻常百姓家（5画异体字）氕

.... 杨靖高/赏析 091

九二共识（7画字）志 .... 杨靖高/赏析 092

形同七子镜，影类九秋霜（10画字）娟

.... 杨耀学/赏析 093

走马却从戎（10画字）晕 .... 杨靖高/赏析 094

人间亦自有丹丘（10画字）扇 ...... 杨耀学/赏析 095

读书声里是吾家（12画字）舒 ...... 杨靖高/赏析 097

谁为此君，与可姓文（12画字）筒

.... 杨靖高/赏析 098

孝伯亭亭直上，阿大罗罗清疏（12画字）琵

.... 杨靖高/赏析 099

往来无白丁（12画繁体字）傚 ...... 杨基平/赏析 100

齐奴却是来东市（13画字）碎 ...... 顾　斌/赏析 102

南北东西春总好（13画字）楞 ...... 杨靖高/赏析 103

则天下善恶不分（13画异体字）殒

.... 杨耀学/赏析 104

太极仙翁得道（14画字）蒿 .... 顾　斌/赏析 106

太极仙翁得道（14画字）蒿 .... 杨耀学/赏析 107

扪虱雄豪空自许（14画字）璇 ...... 杨靖高/赏析 108

鸟见之高飞（14画繁体字）憎 …… 杨靖高/赏析 109

至今犹似鼎分时（15画字）磊 …… 杨耀学/赏析 110

京兆笔（多笔画字）氅 ………… 杨耀学/赏析 112

一纵不可缆（多笔画字）激 …… 杨耀学/赏析 113

一纵不可缆（多笔画字）激 …… 顾　斌/赏析 115

今其室十无四五焉（多笔画繁体字）鋸

……………………………… 杨耀学/赏析 116

也识君夫婿，金鱼挂在身（多笔画繁体字）馆

……………………………… 杨靖高/赏析 118

名都多妖女（多笔画字）蹶 …… 杨靖高/赏析 119

斯君子受之（多笔画字）篯 …… 杨耀学/赏析 121

后　记 …………………………………… 124

作品精选

少笔画字

或曰,为子夏者欤(少笔画字)　　　　　讣
注:面出苏轼《文与可字说》。或曰,"言"
　　之也;孔子弟子卜商,字子夏,乃以字
　　子夏扣姓"卜"。合为底字。

5画字

犹无与耳(5画字)　　　　　　　　　邙
注:面出《战国策·秦兴师临周而求九鼎》
　　句。亡通无;耳,"阝"。邙山在洛阳之
　　北,也名北邙。东汉、魏、晋的王侯公
　　卿多葬于此。

观音得道(5画字)　　　　　　　　　讪
注:广东东莞观音山国家森林公园,国家
　　AAAA级旅游景区,传说是观世音菩萨
　　初抵中华时首处停留之所,被誉为"南
　　天圣地""百粤秘境"。道,言也。

金吾不禁（5画字）　　　　　　　　　正

注：面出成语句。"金吾不"解作"金"字中不要"余"（吾），剩下"一"。禁，止也。"一"与"止"合而为"正"。

为君成白头（5画字）　　　　　　　　失

注：面出唐·郑谷《赠别》："稳眠彭蠡浪，好醉岳阳楼。明日逢佳景，为君成白头。"君作丈"夫"，"白"之头为"丿"，合为"失"。

传云古隆中（5画字）　　　　　　　　讪

注：面出苏轼《万山》："回头望西北，隐隐龟背起。传云古隆中，万树桑柘美。"隆中，山名，在湖北襄阳城北，下即诸葛亮隐居处，有三顾门。传云扣"言"。

重叠九疑高（5画字）　　　　　　　　出

注：面出唐·柳宗元《与崔策登西山》："西岑极远目，毫末皆可了。重叠九疑高，微茫洞庭小。"九疑，一称九嶷，山名，

在湖南省宁远城南。重叠,"山"的叠加成"出"字。

高丘临道傍(5画字) 讪

注:面出唐·高适《宋中十首》(其十):"阋伯去已久,高丘临道傍。人皆有兄弟,尔独为参商。"高丘为山。道,言也。合为"讪"。

四五蟾兔缺(5画字) 尻

注:面出《古诗十九首》:"三五明月满,四五蟾兔缺。"四五合为"九";蟾兔为月,缺月状如"尸"也。底字"尻"读kāo,即屁股。

飞入寻常百姓家(5画异体字) 戹

注:面出唐·刘禹锡《乌衣巷》:"朱雀桥边野草花,乌衣巷口夕阳斜。旧时王谢堂前燕,飞入寻常百姓家。"乙通乥,燕子。百姓家扣"户"。组合为底字"戹",读è,同"厄"。

6画字

系是休征（6画字） 圭

注：面出《幼学琼林·天文》："雨旸时若，系是休征；天地交泰，斯称盛世。"本意为"这是好的征兆"。是，十；晋·王祥，字休征。

以正事其君（6画字） 圭

注：面出唐·白居易《赠樊著作》："阳城为谏议，以正事其君。"君，王。数学符号，"+"为正。

横上马良眉（6画字） 百

注：面出宋·罗可《雪》诗："斜侵潘岳鬓，横上马良眉。"《三国志·蜀志·马良传》："马良字季常，襄阳宜城人也。兄弟五人，并有才名，乡里为之谚曰：'马氏五常，白眉最良。'良眉中有白毛，故以称之。"后因以"马良眉"喻"白"色。

家世当年老伏波（6画字）　　　　　　　　闫

注：面出元好问《燕都送马郎中北上》："功曹此日汉萧何，家世当年老伏波。"家世扣"门"第；伏波将军指马援。

7画字

千秋亭（7画字）　　　　　　　　　　　　芷

注：面出建筑物名。千秋亭位于北京御花园内澄瑞亭以南，明嘉靖十五年（1536）建。中药乌头，别名千秋草，故千秋扣"艹"。亭通停，止也。

山有小口（7画字）　　　　　　　　　　　佞

注：面出晋·陶渊明《桃花源记》："林尽水源，便得一山，山有小口，仿佛若有光。"《论语·雍也》篇：子曰："智者乐水，仁者乐山。"别解作以山为"仁"。古人口制，男为"丁"，女为"口"。"仁女"叠加成"佞"。

公孙弘（7画字） 杕

注：公孙弘，汉人，武帝时官至丞相。《史记》《汉书》分别有传。谜面别解。公孙树，植物名，落叶乔木，高可十余丈。弘，"大"也，与"宏"通。杕，读dì，树木孤立的样子；一读duò，船尾小梢也。《诗经·唐风·杕杜》："有杕之杜，其叶萋萋。"

二室道（7画字） 诎

注：面为宋·范仲淹《和人游嵩山十二题（其三）·二室道》诗目。二室即太室、少室二山。嵩山由太室山与少室山组成。道，言也。

九二共识（7画字） 志

注："九二共识"的核心是大陆和台湾同属一个中国，两岸不是国与国的关系，明确界定了两岸关系的根本性质。九二合为十一，得"士"；识，"心"之别名。

虚与委蛇（7画字）　　　　　　　　　　芫

注：面出成语。虚，无；中药玉竹草，别名
　　委蛇，故"委蛇"扣"艹"。

马齿徒增（7画字）　　　　　　　　　　苌

注：面出成语。中药马齿草，又称马齿
　　苋，扣"艹"。增，长也。"苌"读
　　cháng，一作姓氏，一作古代植物名。
　　苌楚，羊桃的别称，中华猕猴桃的
　　古称。

奚有于是（7画字）　　　　　　　　　　妓

注：面出《孟子•告子章句下》。奚，本义
　　指奴隶。古称仆役为奚奴。是，十。

步马之势（7画字）　　　　　　　　　　迕

注：面出李陵《答苏武书》："客主之形，
　　既不相如；步马之势，又甚悬绝。"
　　十二生肖中的"午"扣"马"。"辶"，
　　步之势。

与道大适（7画字） 芸

注：面出柳宗元《送元十八山人南游序》。
《本草》：蕓薹，一名大适。道，云也。
"艹云"合为底字。

方为子陈之（7画字） 记

注：面出南朝宋·鲍照《答客》："谓宾少安
席，方为子陈之。"方为"口"，子扣
"丁"，陈之乃"言"。

文章千古事（7画字） 苌

注：面出杜甫《偶题》："文章千古事，得失
寸心知。作者皆殊列，名声岂浪垂。"
文章，草名。千古，喻时间长久。

灵府扃锁牢（7画字） 闷

注：面出宋·黄庭坚《送刘士彦赴福建转运
判官》："中有寂寞人，灵府扃锁牢。西
风持汉节，骑从严弓刀。"灵府，心；
扃，门。

浮云一别后（7画字） 驱

注：面出唐·韦应物《淮上喜会梁州故人》："浮云一别后，流水十年间。"《西京杂记》称汉文帝马有'浮云'之名，故以浮云代"马"。区，别也。

好问近乎智（7画字） 沅

注：面出《史记·公孙弘列传》。元好问；智者乐"水"。

白云还自散（7画字） 岔

注：面出唐·李白《忆东山二首》（其一）："不向东山久，蔷薇几度花。白云还自散，明月落谁家。"白云，山名；分，散之。

有能则举之（7画字） 材

注：面出《墨子·尚贤上》。能，才能；举，古通榉，树"木"名，与能之"才"并合为"材"。

则宜欣然就道（7画字） 诒

注：面出明·王守仁《瘗旅文》："尔诚恋兹五斗而来，则宜欣然就道，胡为乎吾昨望见尔容戚然，盖不任其忧者？"欣然，怡通台；道，言也。

逸少今千载（7画字） 玖

注：面出明·谢榛《夏日同武元康、刘复之、杜约夫万金渠流觞》："清觞聊泛泛，白鸟任悠悠。逸少今千载，何人复胜游。"晋王羲之，字逸少。千载，时间久也。

方其对策时（7画字） 诂

注：面出清·顾炎武《哭杨主事》："吴下多经儒，杨君实宗匠。方其对策时，已负人伦望。"方，状为"口"；策，作谋略、计策解以扣"计"。

辟如四时之错行（7画字） 迎

注：面出《中庸·第三十章》："辟如四时之

错行,如日月之代明。"四时为卯,错写作"印";行,以"辶"代。

闻道蓬壶重见时(7画字)　　　　　诎

注:面出宋·范成大《续长恨歌七首》(其三):"闻道蓬壶重见时,瘦来全不耐风吹。"蓬壶,海中仙山,重见得"出"。道,言也。

家人尽以灰(7画字)　　　　　　　妓

注:面出唐·孟郊《雪》:"官给未入门,家人尽以灰。意劝莫笑雪,笑雪贫为灾。"家人,谓奴也。诗韵目上平声:七虞,八齐,九佳,十灰,十一真……灰代数为"十"。

8画字

坤之策(8画字)　　　　　　　　　姗

注:面出《易经·系辞上》。乾为"男",坤为"女";策,"册"也,同义代用。古

代帝王对臣下封土、授爵或免官，称如策命、策免、策封等。"女""册"合为"姗"。

杨之道（8画字） 诛

注：面出韩愈《圬者王承福传》："杨之道，不肯拔我一毛而利天下。"杨，指杨朱。道，言也。

张若虚（8画字） 现

注：张若虚，初唐诗人。以《春江花月夜》著名。与贺知章、张旭、包融并称为"吴中四士"。张，见；王若虚，金代文学家，字从之，号慵夫，入元自称滹南遗老。

此天爵也（8画字） 昇

注：面出《孟子·告子章句上》。此"天"，日也；《广雅·释器》："一升曰爵。""日"与"升"合成底字。

亦若是（8画字） 姑
注：面出《三字经》句。若，如；是，十。

空空如也（8画字） 叔
注：面出《论语·子罕》句。空，"上"天，高空；空空，"又上"。"如"作"如夫人"解，意"妾"，扣"小"。"上、又、小"合为"叔"字。

仁者安仁（8画字） 岩
注：面出《论语·里仁》句。仁者乐"山"。宋·石延年，宋城（今河南商丘南）人，字曼卿，一字安仁，北宋官员、文学家、书法家。以"安仁"扣姓"石"，与"山"合为底字。

大雅钦遗风（8画字） 码
注：面出清·吴伟业《读端清郑世子传》。后赵石弘，石勒子，字大雅。遗风，千里马名。

经始灵台（8画字） 怂

注：面出《诗经·大雅·文王之什·灵台》："经始灵台，经之营之。庶民攻之，不日成之。"经，丝织"纵"也；从通纵。灵台为"心"。

石臞先生（8画字） 玞

注：清代学者王念孙，江苏高邮人，字怀祖，生而清臞，故自号石臞。王引之之父。古时妻称丈夫为先生。

斯人久已死（8画字） 盰

注：面出陶潜《拟古九首》（其二）："闻有田子泰，节义为士雄。斯人久已死，乡里习其风。"

壮而欲行之（8画字） 奇

注：面出《孟子·梁惠王章句下》。壮，大也；行，原意是指施展抱负，这里别解为允许、可以。

豫章女贞（8画字） 林

注：面出司马相如《上林赋》句。豫章，即樟木；女贞，树名。

万里共清辉（8画字） 玥

注：面出杜甫《月圆》："故园松桂发，万里共清辉。"王万，字万里，邛州蒲江人。宋宁宗嘉定三年，赴川陕类省试获第一，是蒲江历史上第一个全省"状元"。清辉，指"月"。

合教居第一（8画字） 闸

注：面出宋·尤袤《梅》："桃李真肥婢，松筠共老苍。合教居第一，独自占年芳。"居扣"门"；"甲"为第一。

知君必午来（8画字） 驻

注：面出明·谭元春五律《偶出寺伯敬坐至暮留三诗于壁而去》句。十二生肖中"午"为"马"。君，主也。

犹能骑马回（8画字）　　　　　　　　　岜

注：面出唐·孟浩然《裴司士员司户见寻》：
　　"谁道山公醉，犹能骑马回。"山公，
　　山简也，字季伦，竹林七贤山涛之幼
　　子。故事详见《世说新语·任诞》。

人言汉飞将（8画字）　　　　　　　　　矿

注：面出明·袁凯《送李千户时将有海东之
　　役》。人言，石名，即信石，出信州。
　　李时珍《本草纲目》有载。汉李广，匈
　　奴号为"飞将军"。

能诗独临川（8画字）　　　　　　　　　玟

注：面出唐·孟郊《教坊歌儿》。诗为文体
　　的一种。宋·王安石，前后两度拜相，
　　世称王临川。以临川扣"王"姓，与
　　"文"组合成底字。

堂堂乎张也（8画字）　　　　　　　　　奈

注：面出《论语·子张》句。堂堂，形容
　　盛大，"大"也。如《晏子春秋·外篇

上》:"寡人将去此堂堂国者而死乎!"
张,观望之;示同视。组合成字。

回首白云低(8画字)　　　　　　　　岿

注:面出宋•寇准《咏华山》:"只有天在上,更无山与齐。举头红日近,回首白云低。"回首,死之婉词,古者谓死人为归人,故回首扣"归"。白云,山名。

本立而道生(8画字)　　　　　　　　怕

注:面出《论语•学而》句。本,心也;道,白也。

得道自长生(8画字)　　　　　　　　诩

注:面出宋•陆游五律《山家》:"长生固非道,得道自长生。书不传关尹,言谁契广成?"道作"言"解;关羽字云长,本字长生。长生扣"羽"。

为君急走马(8画字)　　　　　　　　旺

注:面出唐•岑参《忆长安曲二章寄庞潍》

（其二）："长安何处在，只在马蹄下。明日归长安，为君急走马。"象棋马走"日"，与君"王"合成底字。

而危有功之君（8画字） 诓

注：面出春秋·司马穰苴《司马法·仁本第一》句。危，正。宋人计有功；君，王也。

司徒妙算托红裙（8画字） 诓

注：《三国演义》第九回故事。诗云："司徒妙算托红裙，不用干戈不用兵。三战虎牢徒费力，凯歌却奏凤仪亭。"司徒王允，红裙貂蝉，施"美人计"周旋于董卓、吕布间。题句以"王计"扣意。

秋崖只有诗如此（8画字） 放

注：面出宋·方岳《性老致庐山茶》："秋崖只有诗如此，回向山灵报答春。"方岳号秋崖。诗，文体。

眼看小姑也嫁人（8画字） 岿

注：面出明·谢榛《小姑谣》："小姑打时只袖手，小姑骂时只闭口。眼看小姑也嫁人，姑嫂不得长相守。闻道比妾小姑多，小姑他日当如何。"长江中有小孤山，南岸与彭郎矶相对，又称"小姑山"。嫁人曰"归"。

只似当时初望时（8画字） 规

注：面出唐·刘禹锡七绝《望夫石》："终日望夫夫不归，化为孤石苦相思。望来已是几千载，只似当时初望时。"诗意扣之，望"见"其"夫"也。

桃花依旧笑春风（8画字） 骀

注：面出唐·崔护《题都城南庄》："去年今日此门中，人面桃花相映红。人面不知何处去，桃花依旧笑春风。"桃花，马名；台通怡。"骀"读dài，疲顿；舒缓放荡。又读tái，劣马。

不重生男重生女（8画字） 呵

注：面出唐·白居易《长恨歌》："遂令天下父母心，不重生男重生女。"古人口制，男"丁"，女"口"。不重，单数；重，双数。故以"丁口口"组合成底字。

筹策运帷幄，一由我圣君（8画字） 诖

注：面出魏·王粲《从军诗》："筹策运帷幄，一由我圣君。恨我无时谋，譬诸具官臣。""计王"组合成字，意会谜面诗句之意。

横看成岭侧成峰，只缘身在此山中（8画字） 臾

注：面出苏轼《题西林壁》："横看成岭侧成峰，远近高低各不同。不识庐山真面目，只缘身在此山中。"象形会意组合成字。

横看成岭侧成峰，只缘身在此山中
（8画字）臾

9画字

蝴蝶儿（9画字） 孪
注：面出词牌名。"亦"，象形蝴蝶。儿，子。

号洪武（9画字） 茱
注：面出《三字经》句。诗韵目去声：十三问，十四愿，十五翰，十六谏，十七霰，十八啸，十九效，二十号，二十一个……号代"艹"。朱元璋，年号洪武。

马上缘（9画字） 轴
注：面出京剧目，原名《樊江关》。象棋马上为"车"；缘扣"由"。

王孙贾（9画字） 荇
注：王孙贾，战国时齐湣王侍臣。王孙，草名；市贾称商"行"。

陈师道（9画字） 误
注：北宋诗人陈师道，字履常，一字无己，

别号后山居士,彭城人。名作别解。
陈,扣"言";元人有吴师道,延祐间
为国子博士,后再迁奉议大夫。

齐物论(9画字) 珀

注:面出《庄子》篇目。宋·王溥,字齐物,
历任后周太祖、周世宗、周恭帝、宋太
祖——两代四朝宰相,又为著名之史学
大家。论,说"白"。

益智图(9画字) 荟

注:益智图,由晚清文人童叶庚首创。与
"七巧板"相比,该游戏更加精巧奥
妙。益智,草药名;会通绘。

屈居亚军(9画字) 茨

注:屈居,草名,扣"艹";亚军为第二名,
扣"次"。

先民有言(9画字) 珀

注:面出《诗经·大雅·板》:"先民有言,

询于刍荛。"明·王醇,字先民,扬州人。遍游吴越山水,参访一雨禅师,受优婆塞戒,隐居山上,每天念诵《莲华经》。后回扬州,住慈云庵虔诚修行净业。

参过菩萨（9画字） 砚

注：面出《西厢记·惊艳》："数了罗汉,参了菩萨,拜了圣贤。"菩萨石,中药,又名放光石、阴精石。参,拜见也。

中秋重九（9画字） 栉

注：中秋,节名。重九原为重阳节,入谜别解为"两个九",即"十八",合为"木"。

无路请缨（9画字） 荤

注：面出唐·王勃《滕王阁序》："无路请缨,等终军之弱冠。"启下法扣之。男子二十岁成年称弱冠。

丘知之矣（9画字） 峤

注：面出汉·韩婴《韩诗外传·卷第一》。乔知之，唐文学家。知之扣乔；丘，山也。

为复少室东（9画字） 柮

注：面出唐·王维《问寇校书双溪》。少室山，在河南登封西。复指双数。"为复少室"扣"出"。东方属木，见《幼学琼林·岁时》。

言入黄花川（9画字） 泉

注：面出唐·王维《青溪》："言入黄花川，每逐清溪水。随山将万转，趣途无百里。"言，扣"白"；黄花川，"水"也。

金魄度云来（9画字） 胧

注：面出唐·沈佺期《和元舍人万顷临池玩月戏为新体》："玉流含吹动，金魄度云来。熠爚光如沸，翩翾景若摧。""月"称金魄；云从"龙"。

归路正重阳（9画字） 茴

注：面出宋·李觏《送吴著》诗："秋风满黄叶，归路正重阳。"阳为正，即"十"，重阳为"艹"。归，回也。

已为秦逐客（9画字） 玡

注：面出唐·李商隐《哭刘司户二首》（其二）："已为秦逐客，复作楚冤魂。"宋·王观，自号逐客。秦，朝代名。

自云巢居子（9画字） 皇

注：面出唐·孟浩然五言《白云先生王迥见访》："有客款柴扉，自云巢居子。"王迥号白云先生，行九，隐居鹿门山，别号巢居子，为孟浩然好友。

王孙自可留（9画字） 荐

注：面出唐·王维《山居秋暝》："竹喧归浣女，莲动下渔舟。随意春芳歇，王孙自可留。"王孙，草名；留，存。

似是而非（9画字） 姞

注：面出成语。似，如；是非，十一，合为"士"。

安之若素（9画字） 皇

注：面出成语。明·王仁美，字安之，善相，决生死、休咎，奇验，人号为"王电目"。素，色"白"也。

西岳出浮云（9画字） 骅

注：面出唐·王维《华岳》："西岳出浮云，积雪在太清。"西岳华山，我国五岳之一；浮云，马名，见汉·刘歆《西京杂记》。

宛似入蓬壶（9画字） 峒

注：面出唐·孟浩然五律《与王昌龄宴王道士房》："书幌神仙箓，画屏山海图。酌霞复对此，宛似入蓬壶。"宛似，如"同"；蓬壶，则蓬莱也，扣"山"。

空山人自老（9画字） 牯

注：面出宋·方岳《唐律十首》（其二）："空
　　山人自老，醉眼向谁开。"清·牛运震，
　　世称"空山先生"；老，古老。

身后更无儿（9画字） 盈

注：面出唐·朱庆馀《过孟浩然旧居》："命
　　合终山水，才非不称时。冢边空有树，
　　身后更无儿。"诗咏"孟"氏身后更无
　　儿，以孟"乃又"无子之"皿"缀成底
　　字"盈"。

倍是如不亡者（9画字） 荐

注：面出《荀子·儒效》。是的符号"+"，
　　倍是为"艹"。不亡，反义为"存"。

此行也是男儿事（9画字） 逊

注：面出唐·杜荀鹤七律《送李先辈从军塞
　　上》诗："此行也是男儿事，莫向征人
　　恃桂香。""辶"，走之，以"此行"扣
　　之；男之儿为"孙"。组合成字。

准拟重阳定相见（9画字）　　　　　　荟

注：面出明·朱有燉《忆友丁大舍》："准拟重阳定相见，茱萸新酒候旋车。"物理学的阴阳两极符号分别为"－"和"＋"，阳为"＋"，重阳为"艹"；相见，扣"会"。

望来已是几千载（9画字）　　　　　　砚

注：面出唐·刘禹锡《望夫石》："终日望夫夫不归，化为孤石苦相思。望来已是几千载，只似当时初望时。"据面会意扣合。

皆云道子口所传（9画字）　　　　　　误

注：面出苏轼《记所见开元寺吴道子画佛灭度以答子由》："画师不复写名姓，皆云道子口所传。"吴道子，唐代著名画家，画史尊称画圣。

当时人道便承恩（9画字）　　　　　　误

注：面出唐·罗隐七绝《宫词》诗："巧画

蛾眉独出群，当时人道便承恩。"人道为"言"；承恩，借指明代小说家吴承恩。承恩"吴"姓，与人道之"言"合成"误"。

即今天意又如何（9画字）　　　　栋

注：面出宋·韩琦七绝《过虎北口》："天意本将南北限，即今天意又如何。"面应读成：即今天，意又如何。今天为一日，诗韵目代日为"东"。如何，树木名。

10画字

马端临（10画字）　　　　　　　轻

注：马端临，宋饶州乐平人，字贵与，号竹洲，右丞相马廷鸾之子，宋元之际著名历史学家，所著《文献通考》是中国古代典章制度方面的集大成之作。象棋序中，马前为车。临，至。

张之洞（10画字）　　　　　　　　　　　窅

注：张之洞，晚清名臣，历任教习、侍读、侍讲、内阁学士、山西巡抚、两广总督、湖广总督、两江总督、军机大臣等职，官至体仁阁大学士，清代洋务派代表人物。目，观看，注视，扣张；穴，洞也。

张易之（10画字）　　　　　　　　　　　倾

注：唐·张易之，定州义丰人，初以门荫迁为尚乘奉御。张昌宗荐之入侍禁中，深得武则天的恩宠，历任司卫少卿、控鹤监内供奉、奉宸令、麟台监，封恒国公。张作量词，一张为一页；易之，化也。

自锁嫦娥（10画字）　　　　　　　　　　捐

注：面出后蜀·欧阳炯《花间集序》："处处之红楼夜月，自锁嫦娥。"锁，扣；嫦娥，月。

公子重耳（10画字）　　　　　　　　　珙
注：谜面人物系春秋晋文公。公，"共"也；王羲之第六子操之，字子重。

东家之子（10画字）　　　　　　　　　娴
注：面系宋玉《登徒子好色赋》中人物。东方属"木"；家，"门"。古人称子兼男女，文中之"子"为美"女"。

有鸟高飞（10画字）　　　　　　　　　栩
注：面出《诗经·小雅·菀柳》："有鸟高飞，亦傅于天。"鸟，扣"羽"；高飞，树名，即唐棣，一名栘杨，扣"木"。

童子何知（10画字）　　　　　　　　　眚
注：面出唐·王勃《滕王阁序》："童子何知，躬逢胜饯。"童通瞳，童子解为瞳子，扣"目"。何知，不知，扣"生"。

归之造物（10画字）　　　　　　　　　圙
注：面出苏轼《喜雨亭记》："天子曰不然，

归之造物。"归,回;诗韵目,物之代
数为"五"。

进必无功(10画字) 珩

注:面出《淮南子·人间训》:"守备必固,
进必无功。"唐代诗人王绩,字无功,
号东皋子,绛州龙门县人。进,行也。

一夫百亩(10画字) 倾

注:面出《孟子·万章章句下》:"耕者之所
获,一夫百亩。"夫,代人。百亩为一
"顷"。

遂庐火门山(10画字) 扇

注:面出《新唐书·陆羽传》句。湖北天门
火门山,茶圣陆羽住此。庐,意即造庐
而居。

为之歌大雅(10画字) 砾

注:面出《左传·襄公二十九年》。为之
"歌",乐;"大雅"本为《诗经》篇目,

今别解借指人名。后赵石弘,石勒第二子,字大雅。以大雅扣"石"。

壮哉帝王居(10画字)   朕

注:面出曹植《赠丁仪王粲》:"壮哉帝王居,佳丽殊百城。"《尔雅·释天·月名》:"八月为壮。"帝王,"天"也。"居",作连接词用。

孔子少孤(10画字)   窈

注:面出《礼记·檀弓上》句。原意是孔夫子小时候就失去了父亲。别解后,"孔"由姓氏转变为洞穴。"子少shào"为"幼"小。

不亦君子乎(10画字)   笏

注:面出《论语·学而》:"有朋自远方来,不亦乐乎?人不知而不愠,不亦君子乎?"不,勿;君子,竹。

壮哉帝王居（10画字）朕

国老起相继（10画字） 莲
注：面出宋·秦观《送刘贡父舍人》："逾年
　　憸臣逐，国老起相继。"国老即甘草；
　　相继，意"连"。

文章并我先（10画字） 荼
注：面出唐·杜甫《秋日夔府咏怀奉寄郑监
　　审李宾客之芳一百韵》："郑李光时论，
　　文章并我先。"文章，草名。余，我也。

走马却从戎（10画字） 晕
注：面出唐·韦应物《送崔押衙相州》句。
　　象棋马走"日"；戎，兵也，扣"军"。

二雅之正言（10画字） 铂
注：面出汉·赵岐《孟子题辞》句。清·金
　　学诗，号二雅。言，白也。

则吾从先进（10画字） 骖
注：面出《论语·先进》句。宋·马从先，
　　字子野；吾，余。

此太平之象也（10画字） 峃

注：面出司马光《资治通鉴•秦纪》。太平
　　为山名；象，像的本字，肖像。

焕乎其有文章（10画字） 桄

注：面出《论语•泰伯》句。文章，树名，
　　扣"木"；焕，火光也，扣"光"。

子房之不死者（10画字） 莨

注：面出宋•苏轼《留侯论》："当此之时，
　　子房之不死者，其间不能容发，盖亦已
　　危矣。"张良，字子房。不死，草名，
　　即麦门冬。

长卿只为长门赋（10画字） 蚊

注：面出唐•韩偓《中秋禁直》句。蟛蜞，小
　　蟹，一名长卿，扣"虫"。赋，文体。

人间亦自有丹丘（10画字） 扇

注：唐•韩翃《同题仙游观》："何用别寻
　　方外去，人间亦自有丹丘。"人间，扣

"户"；严羽，南宋诗论家、诗人。字丹丘，一字仪卿，自号沧浪逋客，世称严沧浪。"户羽"合底。

秋水共长天一色（10画字） 眩

注：面出唐·王勃《滕王阁序》句。秋水喻目；白居易咏《筝》诗有"双眸剪秋水"句，元·袁桷《题美人图》诗："望幸眸凝秋水。"文人多喻指女性之眼，以其清澈明净如秋天之水一般而美誉之。《易经·上经坤卦》："天玄而地黄"。玄黄，天地之正色。

若夫成功，则天也（10画字） 珠

注：面出《孟子·梁惠王下》句。明郑大木，南明唐王隆武帝赐国姓"朱"，更名成功。君王称天。

形同七子镜，影类九秋霜（10画字） 娟

注：面出南朝梁·萧纲《望月诗》。形同、影类，犹"如"；诗句内容为咏"月"。

11画字

公子家（11画字）　　　　　　　　　　　阋
注：面出聂夷中五言诗目。西汉疏受，字公
　　子，宣帝时任少傅。

江东独步（11画字）　　　　　　　　　　琇
注：《世说新语·赏誉》王坦之事典。独步，
　　出人不群之称，才能突出者曰"秀"。

四时行焉（11画字）　　　　　　　　　　逸
注：面出《论语·阳货》句。传统十二时中，
　　四时为卯，即"兔"；行走扣"辶"。

无心之过（11画字）　　　　　　　　　　菲
注：面为成语。无心，本草木贼别名。非，
　　过失。

海岳名言（11画字）　　　　　　　　　　粝
注：宋书画家、诗人米芾，字元章，号鹿门
　　居士、海岳外史，世居太原，后定居润

州。《海岳名言》是其所著有关书学论述的书名。

韩信用兵（11画字） 萃
注：中药韩信草，又名向天盏。韩信，扣"艹"；兵，"卒"也。

草堂近少室（11画字） 崌
注：唐·岑参五律《自潘陵尖还少室居止秋夕凭眺》诗："草堂近少室，夜静闻风松。"少室，山名，在河南登封西北，东与太室山相对。草堂"居"止处，靠近少室"山"，得"崌"字。

将军印绶添（11画字） 菅
注：面出宋·秦观《鲜于子骏使君生日》。将军草，中药大黄异名，见李时珍《本草纲目》，故以将军扣"艹"。绶，一种丝带，古代常系在印钮上。印绶添，喻加"官"。

白云与之俦（11画字） 崩

注：面出明·高启《施君眠云堂》。白云，山名。广州白云山景色秀丽，自古以来就是有名的风景胜地，被称为"人间仙境"。白云山分别以"白云松涛"和"云山叠翠"胜景两度被评为"羊城新八景"之一。俦，侣也，扣朋。

王孙自不群（11画字） 菰

注：面出明·谢榛《赵世府殿下诞生元嗣识贺》句。王孙，草名。不群，孤也。

吾道竟何之（11画字） 谒

注：面出唐·杜甫《秦州杂诗二十首》（其四）。道，言；何，曷。

同心既偕集（11画字） 鸽

注：面出明·阮大铖《春日园居程搏仲钱豹叔衡之兄前之弟夜集》。同心，鸟名。偕集，合也。

欲传春消息（11画字）　　　　　　　　　谋

注：面出宋·陈亮《梅花》："一朵忽先变，百花皆后香。欲传春消息，不怕雪埋藏。"传者，言也；某，金文字形。像木上结一个果实，本是"梅"的象形。

太行从西来（11画字）　　　　　　　　　崟

注：面出明末清初·顾炎武《邢州》："太行从西来，势如常山蛇。"太行扣"山"；西方五行属"金"。

千秋万岁名（11画字）　　　　　　　　　梼

注：面出唐·杜甫《梦李白二首》（其二）："千秋万岁名，寂寞身后事。"千秋，长寿；万岁，树木名。

灵府长独闲（11画字）　　　　　　　　　悾

注：面出晋·陶渊明《戊申岁六月中遇火》："形迹凭化往，灵府长独闲。"灵府为心（忄）；闲，空也。

焕乎其有文章（11画字） 萌

注：面出《论语·泰伯》。中药文章草，又名五加皮。焕，明也。

遗风日寂寥（11画字） 骕

注：面出唐·杜荀鹤《题历山舜祠》："昔舜曾耕地，遗风日寂寥。"《吕氏春秋·本味》："马之美者，青龙之匹，遗风之乘。"故以"遗风"扣"马"。寂寥，清静，扣"肃"。

自言历天台（11画字） 皑

注：面出唐·李白《赠僧崖公》诗："自言历天台，搏壁蹑翠屏。"自，己；言，白；天台，山名。

望之则冥冥（11画字） 眵

注：面出战国·楚·宋玉《小言赋》句。望，目视。冥，夜，扣"夕"；冥冥，二夕，合为"多"。

夫子时然后言（11画字） 牿

注：面出《论语·宪问》句。面句以有典化无典分扣之。夫，发语词。子时，十二生肖属鼠，然后为"牛"。"告"，与"言"意互通而代之。

言为南宫出（11画字） 粨

注：面出宋·王安石《圣贤何常施》："丧非不欲富，言为南宫出。世无子有子，谁敢救其失。"言，白；米芾，字元章，北宋书法家、画家，与蔡襄、苏轼、黄庭坚合称"宋四家"。宋徽宗诏为书画学博士，又称"米襄阳""米南宫"。

方寸之地虚矣（11画字） 悾

注：面出《列子·仲尼》。方寸指心。唐·白居易《与元微之书》："形骸且健，方寸甚安。"明·高濂《玉簪记》第十六出："你是个慈悲方寸，望恕却少年心性，少年心性。"虚，空也。

了无一事著胸中（11画字）　　　　　　　悾
注：面出宋•陆游《野兴》："春瓮已成花欲
　　动，了无一事著胸中。"了无一事，会意
　　"空"。胸中即心中，以"忄"代之。

羽人同载小舟轻（11画字）　　　　　　　逌
注：面出宋•李纲《江城子•再游武夷》：
　　"羽人同载小舟轻。玉壶倾。荐芳馨。
　　酣饮高歌，时作步虚声。"羽人，周官
　　名，地官之属。见《周礼•地官》。
　　"辶"，象形若小舟。

等闲身与白云齐（11画字）　　　　　　　崆
注：面出五代•王仁裕《题麦积山天堂》：
　　"蹑尽悬空万仞梯，等闲身与白云齐。"
　　闲，指空闲。白云，山名。

择其善者而从之（11画字）　　　　　　　琅
注：面出《论语•述而》句。金•王若虚，
　　字从之。善者，良也。

唯有相思似春色（11画字） 菁

注：面出唐·王维《送沈子福之江东》。南朝梁·任昉《述异记》卷上："今秦赵间有相思草，状如石竹，而节节相续，一名断肠草，又名愁妇草，亦名霜草，人呼为寡妇莎，盖相思之流也。"春色，青，见《幼学琼林·岁时》。

12画字

八音并（12画字） 答

注：面出晋·左思《吴都赋》："酣湑半，八音并。欢情留，良辰征。"《三字经》："匏土革，木石金。丝与竹，乃八音。"竹为第八音。并，合也。

其趋一也（12画异体字） 衕

注：面出《孟子·告子下》。《广雅·释诂》："趋，行也。"《孟子·离娄下》："先圣后圣，其揆一也。"一，一致，同也。

琵琶行（12 画字）   蜦

注：面出白居易诗目。古代虱称琵琶虫。
　　行，列也。

里仁为美（12 画字）   飨

注：面出《论语·里仁》句。意思是能够达
　　到仁的境界为最好。另译为居处在仁
　　爱的邻居乡里中才是美。底字拆为"乡
　　人良"。里，乡邻，乡里。仁通人。美
　　者，良也。

终南何有（12 画字）   嵑

注：《诗经·秦风·终南》："终南何有？有
　　条有梅。君子至止，锦衣狐裘。"终南，
　　山名；何，曷。

子尚如此（12 画字）   琬

注：面出汉·李陵《答苏武书》："子尚如
　　此，陵复何望哉？"宋·王庶，字子
　　尚。如，宛。

顾惟后昆（12画字） 睇

注：面出《初学记·礼部下》句。顾，视也，扣"目"；昆，兄也，后于昆为"弟"。

孔子适陈（12画字） 窨

注：面出汉·司马迁《报任安书》："昔卫灵公与雍渠同载，孔子适陈。"孔子，作洞穴解；陈，告。

莽亦厌之（12画字） 遑

注：面出《汉书·王莽传》句。厌，通"压"，意为"迫"。

自得接嘉宾（12画字） 鹅

注：面出唐·韦应物《答杨奉礼》："多病守山郡，自得接嘉宾。不见三四日，旷若十余旬。"自，"我"之称。晋·崔豹《古今注·卷中》："雀，一名嘉宾，言常栖集人家，如宾客也。"故以嘉宾为鸟。

以同道为朋（12画字）　　　　　　　鹋

注：面出宋·欧阳修《朋党论》："君子与君
　　子，以同道为朋；小人与小人，以同利
　　为朋。"告，同"道"。《康熙字典》《说
　　文解字》载："朋"古同"凤"，意扣
　　"鸟"。

春生五马前（12画字）　　　　　　　棺

注：面出明·谢榛五律《送许殿卿守建宁》诗
　　句。《幼学琼林·岁时》："甲乙属木，木
　　则旺于春……"故以春扣"木"。五马，
　　太守别解，汉代即有此称。《古诗笺》：
　　"太守驷马而已，其有加秩中二千石，
　　乃右骖。故以五马为太守美称。"

之子虽不识（12画字）　　　　　　　甥

注：面出宋·苏轼《和刘长安题薛周逸老亭
　　周最善饮酒未七十而致仕》："之子虽不
　　识，因公可与游。"子为"男"，不识为
　　"生"。

今春除御史（12画字） 　　　棺

注：面出唐·白居易《寄元九》："今春除御史，前月之东洛。"春，扣"木"。除，拜官。御史，官名。

又如与人言（12画字） 　　　硝

注：面出金·元好问《送钦叔内翰并寄刘达卿郎中白文举编修五首·其四》："又如与人言，宁复无失辞。刺口论成败，白眼谈歌诗。"人言，中药砒石别名；如，肖。

无功始亦仕（12画字） 　　　琯

注：面出明·高启《咏隐逸十六首》句，诗咏王绩。王绩，字无功。当官为仕。

上言劝提壶（12画字） 　　　鹄

注：面出宋·梅尧臣《提壶鸟》："上言劝提壶，下言劝酤酒。"提壶，鸟名，即鹈鹕。告，言也。

落日一从君（12画字）　　　　　　　　　飧

注：面出清•曾国藩《访苗先麓》："出门无
　　所诣，落日一从君。"落日扣"夕"；
　　君，良人，合为"飧"。

中书有安石（12画字）　　　　　　　　　琯

注：面出宋•苏轼《荆州十首》（其六）："中
　　书有安石，慎勿赋离骚。"中书，古官
　　名。宋代王安石，字介甫，号半山，神
　　宗朝为相，封荆国公。以"官"和"王"
　　组合为底。

所谓前洞也（12画字）　　　　　　　　　窖

注：面出宋•王安石《游褒禅山记》："其下
　　平旷，有泉侧出，而记游者甚众，所谓
　　前洞也。"谓，告；洞，穴。

共入丹青里（12画字）　　　　　　　　　筶

注：面出清•王士祯《红鹅馆》句。丹青，
　　竹名。共，合。

天颜不敢视（12画字）　　　　　　　惶

注：面出唐·厉玄《元日观朝》："瑞雪销鸳瓦，祥光在日轮。天颜不敢视，称庆拜空频。"以"怕王"扣意。

读书声里是吾家（12画字）　　　　　舒

注：面出唐·翁承赞《书斋谩兴二首》（其一）："池塘四五尺深水，篱落两三般样花。过客不须频问姓，读书声里是吾家。""吾家"扣"予舍"；"舒"读音（声）同"书"。

则与可之于君（12画字）　　　　　　筒

注：面出宋·苏轼《墨君堂记》。文同，字与可，宋诗人、书法家，又善画竹与山水，这里以"与可"扣名"同"。古代以"竹"为君，《墨君堂记》文中有"独王子猷谓竹君"句。晋·王徽之曾指竹曰："何可一日无此君。"

扁舟共济与君同（12画字）　　　　　　　遑

注：面出唐·孟浩然《济江问同舟人》："潮落江平未有风，扁舟共济与君同。时时引领望天末，何处青山是越中。"扁舟，象形"辶"；皇帝称君，以"皇"入谜。

谁为此君，与可姓文（12画字）　　　　　筒

注：面出宋·苏轼《戒坛院文与可画墨竹赞》："风梢雨箨，上傲冰雹。霜根雪节，下贯金铁。谁为此君，与可姓文。惟其有之，是以好之。"此君为"竹"；文与可，名"同"。

孝伯亭亭直上，阿大罗罗清疏（12画字）　　琵

注：面出南朝宋·刘义庆《世说新语·赏誉》中司马太傅对二王评较语。王恭字孝伯；阿大，王忱小名。以"比二王"扣面意。

往来无白丁（12画繁体字）   儌

注：面出唐·刘禹锡《陋室铭》："苔痕上阶绿，草色入帘青。谈笑有鸿儒，往来无白丁。"以"交文人"反扣之。

13画字

虞美人（13画字）   鲐

注：面出词牌名。虞通娱，台通怡，互为快乐意。美人，鱼名，又名西施鱼。

经既明（13画字）   觥

注：面出《三字经》："经既明，方读子。撮其要，记其事。"《尔雅·释乐》："角谓之经。"明，光也。

晋之鄙人（13画字）   衙

注：面出韩愈《争臣论》："晋之鄙人，熏其德而善良者几千人。"晋，进，扣"行"；鄙人即"吾"之自称。

是生两仪（13画字） 蓉

注：面出《周易·系辞上》："是故易有太极，是生两仪，两仪生四象，四象生八卦，八卦定吉凶，吉凶生大业。"是，十；两个"十"得"艹"。仪，容也。

大雅云亡（13画字） 碎

注：面出吊唁辞。《诗经·大雅·瞻卬》："人之云亡，邦国殄瘁。"后赵石弘，字大雅，石勒之子。亡，卒也。

操之临终（13画字） 瑰

注：面出宋·苏轼《诸葛亮论》："操之临终，召丕而属之植，未尝不以谭、尚为戒也。"王羲之第六子王操之，字子重。终，作死亡解，扣"鬼"。

匡庐天际来（13画字） 嵩

注：面出明·高启《送袁宪史由湖广调福建》："自言楚帆开，初别凤凰台。采石月下过，匡庐天际来。"匡庐在江西

九江南。相传殷周间有匡姓兄弟结庐隐此，故名庐山，也名匡山，又称匡阜，总名匡庐。天际喻"高"。

打点打点（13画字） 蒜

注：打点打点，常用为送人钱财以疏通关系、托人关照的意思。谜底拆为"十二小十二小"。一"打"别解为"十二"；点，小黑也，喻微"小"。

灵台凯歌入（13画字） 意

注：面出唐·李世民《饮马长城窟行》："荒裔一戎衣，灵台凯歌入。"灵台为"心"，凯歌声"音"。

夕阳入东篱（13画字） 蓦

注：面出唐·钱起《蓝溪休沐寄赵八给事》："夕阳入东篱，爽气高前山。霜蕙后时老，巢禽知暝还。"元·马致远，号东篱；夕阳扣"莫"。

夕阳入东篱（13画字）蓦

此欢宜稍滞（13画字） 跲

注：面出唐·姚合《同裴居厉侍御放朝游曲江》："此欢宜稍滞，此去与谁亲。"哈，欢笑貌；滞，停止。

浩渺浸云根（13画字） 硿

注：面出唐·贾岛《登江亭晚望》："浩渺浸云根，烟岚没远村。鸟归沙有迹，帆过浪无痕。"一说作者为宋之问。浩渺，虚"空"。古人以为云从山间石中生出，谓"石"为云根。

孟尝君怪之（13画字） 畸

注：面出《战国策·齐策·冯谖客孟尝君》。孟尝君，妫姓田氏，名文，"战国四君子"之一，战国时期齐国贵族，齐威王田因齐之孙，靖郭君田婴之子，齐宣王田辟疆之侄。因封袭其父爵于薛（在今山东省滕州市官桥镇），又称薛公，号孟尝君。奇者，怪也。

竟夕起相思（13画字）　　　　　　　　鹊

注：面出唐·张九龄《望月怀远》："海上生明月，天涯共此时。情人怨遥夜，竟夕起相思。"昔，古同"夕"；相思，鸟名。

吾当理归桡（13画字）　　　　　　　　艅

注：面出宋·苏轼《径山道中次韵答周长官兼赠苏寺丞》："颇讶王子猷，忽起山阴兴。但报菊花开，吾当理归桡。"吾，自己，余；桡，舟。《广雅》："榜，船也。"李贺《马诗二十三首》（其十）："催榜渡乌江。"

春生巧笑中（13画字）　　　　　　　　椴

注：面出清·钱谦益《仿元微之何处生春早二十首》（其二）。春属木。《中华古今注·卷中》："魏文帝宫人绝所爱者，有莫琼树、薛夜来、陈尚衣、段巧笑，皆日夜在帝侧……"

黄花应自笑（13画字） 鲐

注：面出宋·韩琦《北园秋雨》："黄花应自笑，摇落独承恩。"黄花，鱼名；台通怡。《史记·太史公自序》："唐尧逊位，虞舜不台。"

对之如旧游（13画字） 硼

注：面出唐·刘长卿《题曲阿三昧王佛殿前孤石》："孤石自何处，对之如旧游。"诗咏"石"；旧游，昔日交游的友人，意扣"朋"。

元和圣天子（13画字） 觟

注：面出唐·杜牧《感怀诗一首》："元和圣天子，英明汤武上。"一元为十角；圣天子，王也。

将为君子焉（13画字） 瑕

注：面出《孟子·滕文公章句上》。为同伪，假也。假同叚。君子，国君，扣"王"。

其独遗我乎（13画繁体字） 鉄

注：面出《左传·襄公二十一年》。独"一"
　　与我"余"合成"金"字旁；遗，失也。

今夜兼明月（13画字） 鹊

注：面出晚清·陈衍《岳阳楼月夜用杜韵》。
　　夜，夕也。夕通昔。明月，鸟名。

孔子之殁也（13画字） 窣

注：面出唐·柳宗元《论语辩二篇·上篇》
　　句。孔子别解为洞穴；殁，卒也。

而乐于此亭者（13画字） 跲

注：面出宋·苏轼《喜雨亭记》："而乐于
　　此亭者，皆雨之赐也。其又可忘耶？"
　　哈，笑乐貌；亭通停，止也。

而君比之于春秋（13画字） 榿

注：面出《史记·太史公自序》句。春扣木，
　　秋扣白；君，王也。

草色自留闲客住（13画字） 鹒

注：面出唐·韦庄《题汧阳县马跑泉李学士别业》："草色自留闲客住，泉声如待主人归。"草色为青。闲客，白鹇鸟之雅称。

南北东西春总好（13画字） 楞

注：面出宋·王庭珪《次韵陈君授暮春感怀》："雨余山鸟百般啼，烟隔桃蹊一线微。南北东西春总好，杜鹃何苦劝人归。"南北东西即"四方"；春于五行属"木"。

是终无一人言也（13画字） 碜

注：面出欧阳修《上范司谏书》句。终无，空；人言，中药砒石别名。

齐奴却是来东市（13画字） 碎

注：面出唐·罗虬《比红儿诗百首·其二》。齐奴，晋·石崇小名。石崇字季伦，生于山东青州，故名齐奴。缘崇有美姬名

绿珠,孙秀知之,使人求之不得,遂矫诏收崇,绿珠坠楼以殉,崇就刑卒于东市(古代行刑处决囚犯之地)。

未有若先生者也(13画字) 群
注:面出明•袁宏道《徐文长传》。十二生肖,未属羊;"君"本为对男子的尊称,也用来尊称丈夫。如《孔雀东南飞》:"十七为君妇。"今人则多称夫为先生。

西望匡庐接九华(13画繁体字) 鉥
注:面出明•宗臣《过采石怀李白十首•其十》:"西望匡庐接九华,当年醉色傲烟霞。可怜一片寒江月,犹有千峰护落花。"五行西方属"金";匡庐、九华,山名。

本欲先生一解颐(13画繁体字) 飴
注:面出宋•秦观《观辱户部钱尚书和诗饷禄米再成二章上谢》:"本欲先生一解颐,顿烦分米慰长饥。客无贵贱皆蔬

饭，惟有慈亲食肉糜。"先生，丈夫，即良人。台通怡，扣"解颐"。"良人台"组合成底字。

丈夫快意方为欢（13画繁体字） 飴

注：面出唐•李贺《相劝酒》："青钱白璧买无端，丈夫快意方为欢。"食，拆为"良人"，扣合丈夫；台通怡，扣合"快意为欢"。

则天下善恶不分（13画异体字） 殑

注：面出唐•令狐德棻《周书•于谨列传》："若有功不赏，有罪不罚，则天下善恶不分，下民无所措其手足矣。"天下为"人"；善，良；恶，歹。"歹人良"合成底字。

14画字

帝曰人瑞（14画字） 锽

注：面出清•陈三立《清诰授光禄大夫赠太

师陈文忠公墓志铭》句。金圣叹，名
采，字若采。明亡后改名人瑞，字圣
叹。帝，皇也。

时见美人（14画字） 鲝

注：面出唐·司空图《诗品》。《周礼·春官
宗伯·大宗伯》："春见曰朝，夏见曰
宗，秋见曰觐，冬见曰遇，时见曰会，
殷见曰同……"美人，鱼名，即西
施鱼。

初一为立春（14画字） 榊

注：农历每月初一，月亮运行到地球与太阳
之间，地面上看不到月光，这种现象称
为"朔"，因称初一为朔日，或朔。春
属木。见《幼学琼林·岁时》。

终须接鸳鹭（14画字） 翠

注：面出唐·杜牧《春日寄许浑先辈》："蓟
北雁初去，湘南春又归。水流沧海急，
人到白头稀。塞路尽何处？我愁当落

晖。终须接鸳鹭,霄汉共高飞"。终,死也。《礼记·檀弓上》:"君子曰终,小人曰死。"鸳鹭,羽属。

死亦为鬼雄(14画字) 翠
注:面出宋·李清照《夏日绝句》:"生当作人杰,死亦为鬼雄。至今思项羽,不肯过江东。"诗咏项羽。依典成谜。卒,死亡。

四望令人哀(14画字) 愀
注:面出金·元好问《乙酉六月十一日雨》:"草树青欲干,四望令人哀。"四望,目视之;秋通愁,哀意。

借使到百年(14画字) 鍜
注:面出唐·元稹《遣病》:"借如今日死,亦足了一生。借使到百年,不知何所成。"《说文》:"叚,借也。"即"假借"。百年,死的婉词,谓人死作"古"。

盗贼敢忘忧（14画字） 蔻

注：面出唐·杜甫《村雨》："世情只益睡，盗贼敢忘忧。松菊新沾洗，茅斋慰远游。"盗贼，寇也。忘忧，草名。

缘空一镜升（14画字） 膏

注：面出唐·杜甫《江边星月二首》（其一）："映物连珠断，缘空一镜升。余光隐更漏，况乃露华凝。"以"高月"扣意。

思归多苦颜（14画字） 鹙

注：面出唐·李白《关山月》："戍客望边邑，思归多苦颜。高楼当此夜，叹息未应闲。"思归，杜鹃鸟别名。苦，愁；秋通愁。

公输子之巧（14画字） 槃

注：面出《孟子·离娄上》句。公输子名"般"。诗韵目巧为十八，合为"木"。

与君为近别（14画字） 璃

注：面出唐·李华《晚日湖上寄所思》："与君为近别，不言远相思。落日平湖上，看山对此时。"君即王。别，离也。近，别解为接近、靠近意。

临别重相思（14画字） 靚

注：面出清·顾炎武《出雁门关屈赵二生相送至此有赋·其二》："赵国佳公子，翩翩又一时。满壶桑落酒，临别重相思。"相思，草名，重复"艹"为"井"形字素；临别谓"再见"。

太极仙翁得道（14画字） 蒚

注：葛玄，三国吴丹阳人，字孝先，慕神仙术，历游灵岳、赤城、罗浮，得道成仙，世称葛仙翁，又称太极仙翁。扣"葛"姓。得道，作"言"解。相合成底。

君子之所谓知者（14画字） 箔

注：面出《荀子·儒效》。君子，竹名。《论

语•雍也》:"子曰:知者乐水,仁者乐山。"故知者扣"氵";谓,白也。

人面不知何处去(14画字)   筌

注:面出唐•崔护《题都城南庄》:"去年今日此门中,人面桃花相映红。人面不知何处去,桃花依旧笑春风。"人面,竹名。

乌有先生子虚子(14画字)   筌

注:面出宋•李清照《感怀》:"静中我乃得至交,乌有先生子虚子。"乌有、子虚皆空无,扣意"个个空"。

且令小吏报平安(14画字)   管

注:面出宋•孙觌《湖州道中四首•其二•横山堂》:"苍云十亩荫平宽,露叶风枝绕舍寒。莫遣先生赋归去,且令小吏报平安。"成语"竹报平安"。唐•段成式《酉阳杂俎续集•支植下》:"卫公言,北都惟童子寺有竹一

窠，才长数尺。相传其寺纲维，每日报竹平安。"纲维，寺院中管理总务的知事僧。小吏"官"与平安"竹"合成底字。

扪虱雄豪空自许（14画字） 璈

注：面出唐·陆游《即事》："扪虱雄豪空自许，屠龙工巧竟何成。"扪虱，典缘《晋书·王猛传》："桓温入关，猛被褐而诣之，一面谈当世之事，扪虱而言，旁若无人。"雄豪空自许，喻王猛之傲世之貌。敖通傲。

鸟见之高飞（14画繁体字） 憎

注：面出《庄子·齐物论》："毛嫱、丽姬，人之所美也；鱼见之深入，鸟见之高飞，麋鹿见之决骤，四者孰知天下之正色哉？"底拆为"羽怕"。羽，代鸟。

15画字

知微之显（15画字）　　　　　　　　　璋
注：面出《中庸·第三十三章》。宋·王著，
　　字知微。章通彰，彰显意。

吾亦为之（15画繁体字）　　　　　　　儀
注：面出《论语·述而》句。吾即"我"；
　　为通伪，扣"伪"字。

背道而驰（15画繁体字）　　　　　　　衛
注：韦（韋），通违，相背也。见《说文·
　　韦部》载注。驰者，行也。

君子谓此君（15画字）　　　　　　　　篁
注：面出宋·黄庭坚《竹轩咏雪呈外舅谢师
　　厚并调李彦深》："摧埋头抢地，意气终
　　自洁。君子谓此君，全身斯明哲。"君
　　子，竹名；谓，白；君，王。

还似未离群（15画字） 璇

注：面出唐·杜审言《秋夜宴临津郑明府宅》："坐携余兴往，还似未离群。"还，旋；未，羊，离群余君。君，王也。

足以有容也（15画字） 靥

注：面出《中庸·第三十一章》。厌，足；容，面。

影徒随我身（15画字） 豫

注：面出唐·李白《月下独酌》："月既不解饮，影徒随我身。暂伴月将影，行乐须及春。"影，影像，像同象。清·段玉裁："古书多假象为像。"我，予；徒，从，关联词。

銮舆出狩回（15画字） 璇

注：面出唐·李隆基《幸蜀西至剑门》："剑阁横云峻，銮舆出狩回。翠屏千仞合，丹嶂五丁开。"銮舆，王车；旋，回。

方逢今夜停（15画字） 踏

注：面出南朝梁·萧纲《七夕诗》："天梭织来久，方逢今夜停。"方，口；夜为夕，夕通昔；停，止。

东皋刈黍归（15画字） 璇

注：面出唐·王绩《秋夜喜遇王处士》："北场芸藿罢，东皋刈黍归。相逢秋月满，更值夜萤飞。"王绩，字无功，绛州龙门人。隋末官秘书省正字，唐初曾为太乐丞，旋弃官还乡，躬耕东皋，自号东皋子。底字即为：东皋"王"绩归"旋"也。

断送一生惟有（15画字） 醉

注：面出宋·黄山谷《西江月·断送一生惟有》。韩愈《遣兴》有"断送一生惟有酒，寻思百计不如闲"句，黄词袭其意故漏"酒"。酒之本义为"酉"，断送一生为"卒"。

至今犹似鼎分时（15 画字） 磊

注：面出唐末五代诗人朱存《段石岗》："惆怅岗头三段石，至今犹似鼎分时。"三段石鼎足而分成"磊"。

望美人兮天一方（15 画字） 鲁

注：面出宋·苏轼《前赤壁赋》："桂棹兮兰桨，击空明兮溯流光。渺渺兮予怀，望美人兮天一方。"美人，鱼名；天扣日；方象形口。"鱼日口"合为"鲁"。

华佗兼通数经（15 画字） 敷

注：华佗，一名旉，东汉末年著名的医学家，与董奉、张仲景并称为"建安三神医"，被后人称为"外科圣手""外科鼻祖"。兼通经文（夂）。

乃作逐客篇（15 画字） 璋

注：面出宋·黄庭坚《题刘法直诗卷》。宋诗人王观，字通叟，号逐客，名词有《卜算子·送鲍浩然之浙东》："水是眼

波横,山是眉峰聚。欲问行人去那边,眉眼盈盈处。"以其号"逐客"扣"王"。篇,文章。

有此两君堪与言(15画字)　　　　　篁
注:面出宋·陆游《王子猷谓竹为此君白乐天谓酒为此君余野处无客每对竹独酌得小诗》:"新种疏篁对小轩,旋沽薄酒实空尊。门无车辙亦何恨,有此两君堪与言。"两君,即解作"两个王",与"白"(言)合为"篁"。

一日不可无,子猷为此语(15画字)　篁
注:面出宋·王之道《题璋老清闷轩》。《世说新语·任诞》:王子猷指竹曰:"何可一日无此君!"

而下走为首(15画繁体字)　　　　　儀
注:面出阮籍《诣蒋公奏记辞辟命》文句。下走,仆役,自谦称"我";为通伪,扣"佯"。

将言辞说上（15画异体字） 皛

注：面出《西厢记·借厢》："你若有主张，对艳妆，将言辞说上……"言辞，白。上，高。

千里同月色（15画异体字） 皛

注：面出唐·白居易《初与元九别后忽梦见之及寤而书适至兼寄桐花诗怅然感怀因以此寄》："昨夜云四散，千里同月色。"唐诗人高骈，字千里，幽州人，累官擢检校太尉，新、旧《唐书》均有传。以字千里扣合"高"姓，月色为"白"，合为"皛"。

多笔画字

京兆笔（多笔画字） 氂

注："张敞画眉"典。汉代张敞曾任京兆尹，常为妻画眉。后喻夫妻感情融洽。京兆，指敞；笔，扣毛。

小灵通（多笔画字）　　　　　　　　　薇

注：面为电子通讯工具名。小，微；灵通草，甘草别名。

从而说之（多笔画字）　　　　　　　　邀

注：面出《韩非子·说疑》句。从通纵，放也；说，白；与"辶"合为底。

顾而乐之（多笔画字）　　　　　　　　禧

注：面出宋·苏轼《后赤壁赋》："顾而乐之，行歌相答。"示，古通"视"，看也。

怡怡如也（多笔画字）　　　　　　　　禧

注：面出《论语·乡党》句。怡怡，二"喜"；如，"小"妾。"二小"合为"示"。

攀龙附凤（多笔画字）　　　　　　　　翯

注：面出成语。高攀龙，字存之，江苏无锡人，明朝政治家、思想家，东林党领袖，"东林八君子"之一；凤，羽也。

空而置之（多笔画字）　　　　　　　　邀

注：面出汉・贾谊《治安策》。空，白；置，放；与"辶"合为底。

巧者为我拙（多笔画字）　　　　　　　橹

注：面出唐・柳宗元《读书》："巧者为我拙，智者为我愚。"诗韵目，巧为十八，合为"木"；拙，"鲁"钝也。

一纵不可缆（多笔画字）　　　　　　　激

注：面出唐・韩愈《秋怀诗十一首》："有如乘风船，一纵不可缆。"以"放泊"扣合谜面诗意。

厌为天下尊（多笔画字）　　　　　　　蹄

注：面出唐・聂夷中《过比干墓》："殷辛帝天下，厌为天下尊。"厌通餍，足也；天下称尊为帝。合为"蹄"字。

琅玕写就拂云长（多笔画字）　　　　　篙

注：面出明・危素《题宋好古墨竹》。琅玕，

竹之美称。唐·元稹《寺院新竹》:"宝地琉璃坼,紫苞琅玕踊。""拂云长"喻"高"。

斯君子受之(多笔画字) 篯

注:面出《孟子·万章章句下》。清·钱谦益,字受之。君子,竹名。

便凌云去也无心(多笔画字) 篙

注:面出宋·徐庭筠《咏竹》:"不论台阁与山林,爱尔岂惟千亩阴。未出土时先有节,便凌云去也无心。"面句咏竹;凌云,喻高。

今其室十无四五焉(多笔画繁体字) 鋸

注:面出柳宗元《捕蛇者说》:"与吾居十二年者,今其室十无四五焉。"室,居也;十无四五,余一,合为"金"。

君从西省郎(多笔画繁体字) 館

注:面出唐·孟郊《严河南》:"君从西省

郎，正有东洛观。洛民萧条久，威恩悯抚难。""食"拆为"良人"，扣"君"（夫君）。西省郎，官名。

也识君夫婿，金鱼挂在身（多笔画繁体字） 館

注：面出唐·李贺《谢秀才有妾缟练改从于人秀才引留之不得后生感忆座人制诗嘲诮贺复继四首》（其一）。《通典》：三品以上紫衣，佩金鱼袋。以"良人官"扣意。

春秋阁（多笔画字） 橃

注：面出台湾高雄名胜。春属木，秋扣白。阁通搁，放也。

菩萨蛮（多笔画字） 磻

注：面出词牌名。菩萨石，又名放光石、阴精石。番，蛮人。

忘忧共容与（多笔画字） 藐

注：面出魏·曹丕《于玄武陂作》："忘忧

共容与，畅此千秋情。"忘忧草，萱草之异称，代"艹"。见李时珍《本草纲目》。容，貌，与"艹"合为"藐"。

故人具鸡黍（多笔画繁体字）　　　　餽

注：面出唐•孟浩然《过故人庄》："故人具鸡黍，邀我至田家。"故人，别解为亡人。底拆为"鬼食"。

独自多悲凄（多笔画繁体字）　　　　鍫

注：面出唐•李白《江夏行》："一种为人妻，独自多悲凄。对镜便垂泪，逢人只欲啼。"独，一；自，余。两者合为"金"。秋通愁，悲凄意。

拄杖落手心茫然（多笔画繁体字）　　餵

注：面出宋•苏轼《寄吴德仁兼简陈季常》："忽闻河东狮子吼，拄杖落手心茫然。"东坡友陈慥，其妻柳氏悍妒，河东狮吼大发雌威，丈夫惊怕。谜底以"良人畏"扣合面意。

只将奇字与人言（多笔画繁体字）　　碑

注：面出宋·王安石《扬子二首》（其二）：
"道真沉溺九流浑，独溯颓波讨得源。
岁晚强颜天禄阁，只将奇字与人言。"
奇，单（單）数。人言，砒石别称。

将军之爱（多笔画繁体字）　　藥

注：面为剧目名。将军草，中药大黄异名，
明·李时珍《本草纲目》有载。爱，喜
好，意扣乐（樂）。

念彼聊自悦（多笔画繁体字）　　藥

注：面出唐·白居易《闻哭者》："余今过
四十，念彼聊自悦。从此明镜中，不嫌
头似雪。"念为二十，即"艹"。悦，乐
（樂）也。

所喜及重阳（多笔画繁体字）　　藥

注：面出宋·陆游《秋雨》："菊花常岁有，
所喜及重阳。"物理学中阴阳电极用负
正表示，阳为"十"，重阳为"艹"。

青云本自负(多笔画繁体字)　　　　　　　鎬

注：面出唐·高适《东平旅游奉赠薛太守二十四韵》："神与公忠节，天生将相俦。青云本自负，赤县独推尤。"青云，喻高。自，余；负，负号"一"，合为"金"。

孔子之所谓狂矣(多笔画繁体字)　　　　　窾

注：面出《孟子·尽心章句下》。孔别解为穴；谓，白；狂，放。

我独不得居其间(多笔画繁体字)　　　　　鎊

注：面出宋·陆游《病足昼卧梦中谵谆乃诵尚书也既觉口占绝句》："济济九官十二牧，我独不得居其间。"我，余；独，一；不得居其间，意在旁。

名都多妖女(多笔画字)　　　　　　　　　蹴

注：面出魏·曹植《名都篇》："名都多妖女，京洛出少年。宝剑值千金，被服丽且鲜。"名都，京城；多，足；妖女，谓色尤物也。

里仁为美（多笔画繁体字） 饗

注：面出《论语•里仁》句。里，乡（郷）里；仁通人；美，良也。

从我者子乎（多笔画字） 鼯

注：面出《左传•昭公十二年》句。我，吾也；子，鼠也。

有自知之明者（多笔画繁体字） 議

注：面出宋•苏轼《与叶进叔书》句。自，我；知之明者，详（詳）也。

乞取天台一片云（多笔画繁体字） 巃

注：面出唐•孟浩然《送邢台州济》："海上仙山属使君，石桥琪树古来闻。他时画出白团扇，乞取天台一片云。"天台，山名，在今浙江省天台县东北。《易经•乾卦》："云从龙，风从虎。"巃，读 lóng，峻拔高耸。

解颐聊喜一言逢（多笔画繁体字）　　　　䚯
注：面出宋·晁补之《锁试呈同舍三首》（其
　　二）："周行栉比未应充，荐庙方求古
　　鼎钟。经眼乍愁千纸积，解颐聊喜一言
　　逢。"言：白；解颐、喜：乐（樂）。

吁嗟吾老矣（多笔画字）　　　　　　　　𢤴
注：面出宋·张耒《初冬偶成》。"吁嗟吾老
　　矣，抚事思无穷。"吁嗟，叹息也，忧
　　愁状。耒，张耒；憂，即忧。

梁山为之倾（多笔画字）　　　　　　　　饕
注：面出魏·曹植《精微篇》："精微烂金石，
　　至心动神明。杞妻哭死夫，梁山为之
　　倾。"孟姜女哭夫杞梁，号（號）良人也。

太平天子（多笔画字）　　　　　　　　　鼹
注：面出《幼学琼林·天文》。太平为安，
　　天扣日，子即鼠。

作品赏析

飞入寻常百姓家（5画异体字）𢏚

杨靖高/赏析

面为刘禹锡《乌衣巷》句。乙，通"鳦"，燕子。百姓家扣"户"。

此谜承启上句"旧时王谢堂前燕"，由此拢意燕入百姓家，向读者推介一个不常用的"𢏚"字作底。平常百姓的小家为"户"，其内飞入一个"乙"字。"乙"能扣燕子吗？从象形看是难说通的，"乙"更像一只鸭子。联想中，我们可记起《水浒传》中的燕青又叫燕小乙，"燕"与"乙"必有关系。经查《尔雅·释鸟》：燕燕，鳦。《说文》：鳦，本作乙。原来"鳦"通"乙"；"燕乙乙，玄鸟也，齐鲁谓之乙，取其鸣自呼。"就是说鳦称燕子，应是与燕子的叫声有关，听过的人都知道，燕子叫大体上听起来像"yi~a"。猜谜者，亦为学习求知之路也。读此谜，得一"燕"字甚解，不亦乐乎？

九二共识(7画字)志

杨靖高/赏析

九二合为十一,得"士";识,"心"之别名。

此谜可谓明"志"之作,我想作者吴学平先生是深具家国情怀的人,他认同"九二共识":大陆和台湾同属一个中国的核心意涵,是乐见两岸和平发展、致力振兴中华的有识之士。他将"九二"之和计为十一,彰一"士"字;又诠释"识"为"心"之别称,以谜作的形式表达出他的观点:"九二共识"是士人之心。这是一则思想性、艺术性和技巧性高度统一的灯谜杰作。我要大声为之击节叫好!

形同七子镜，影类九秋霜（10画字）娟

杨耀学/赏析

  本谜将底字"娟"斜拆为"如月"二字，初步构思是：面用比喻月亮的成句，即可完成扣合。月亮的别名、雅称很多，能担当"如月"的面相应也很多。月亮在诗人笔下，有各种美喻。陆游称"玉钩"，李贺谓"玉弓"，苏轼呼"婵娟"，王维叫"桂魄"，李白曰"玉蟾"，等等。本面采用的则是南朝梁•简文帝萧纲《望月诗》中句。萧纲是李后主的前世，是失败的皇帝、成功的文学家。《望月诗》云："流辉入画堂，初照上梅梁。形同七子镜，影类九秋霜。"将月亮比作汉代的"七子镜"和深秋的霜，是别致而高雅的，前者状其明丽，后者咏其白洁。"七子镜"是汉代精美铜镜的一种，工艺精湛，安装在饰有七种奇禽异兽图案的镜台上，属艺术珍宝。用前朝名镜作喻，月亮的形象更加鲜明皎洁。"镜""霜"皆是月亮

的喻体，是对月亮生动形象的修饰，强调神似，摄其魂魄，因此底是"如月"（说的都是月），合为"娟"字，并暗含"婵娟"义，婵娟也是月亮。

这个谜面，武骝先生曾用其猜清代武僧，底为"释妙月"。其别解意为：对月亮的美妙阐释。

历代写月亮的诗句很多，多用比喻，字面却不出现"月"字，可见诗谜相通，它们都是以"月"为谜底的谜式诗歌。这个文化富矿我们应当发掘，本谜就是在此文化气场上的一次升华。

走马却从戎（10画字）晕

杨靖高/赏析

面为韦应物《送崔押衙相州》句。象棋马走"日"；戎，兵也，扣"军"。

这是一条面上别解的谜。韦诗前四句为："礼乐儒家子，英豪燕赵风。驱鸡尝理邑，走马却从戎。"其赞许儒门出身的崔押衙，有燕赵豪风，曾在地方管理民事，现在走马从军，必有一番作为。而谜作者对"走马却从戎"这一句进行了别解，将"走马"谑解成象棋术语的"马走日"，无中生有，暗启一个"日"字；而"从戎"扣"军"，名正言顺。面上别解在当代灯谜制作中已不稀奇，此谜面上别解，奇正相佐，得一"晕"字，可谓亦庄亦谐。看似风马牛不相及却又暗通灵犀，其别样的谐趣效果令人开颐莞尔，但不会"晕"倒。

人间亦自有丹丘（10画字）扇

杨耀学/赏析

谜面出自唐代韩翃的七律《同题仙游观》。仙游观在河南嵩山逍遥谷内。韩诗是写仙游观景色的，尾联"何用别寻方外去，人间亦自有丹丘"意义很明确：世外仙境不必再到别处去寻找，人间也有神仙居住的地方。其隐含的意思是：这里就是。"丹丘"，特指昼夜长明的神仙居所。

本谜以成句为面,却不取面义,而是对"人间"和"丹丘"分别进行别解,转换成另外两个字,再合成一个字。"人间",由"人世间、世界上",改指"居住着人的家、房间"而出"户"字;"丹丘"则找到一个名羽、字丹丘的人,而踏实到"羽"字上。"户""羽",共合为"扇"字。南宋著名诗人、诗论家严羽,字丹丘。他是福建邵武人,所著《沧浪诗话》名重于世,被誉为"宋元明清诗话第一人"。

"人间亦自有丹丘",谜人偷梁换柱,由此及彼,"人间""丹丘"各有所归,"亦自有",很通顺自然地成为连接词,仿佛指点着这句唐诗的前后说,看,有这个,还有那个。唐诗宋人今日谜,传统文化一脉承。制作这样的谜,需要相当广博的知识。台湾谜有古谜之风,书香气极浓,可以从中学到更多的知识。

读书声里是吾家（12画字）舒

杨靖高/赏析

面为唐·翁承赞《书斋谩兴二首·其一》句。"舒"拆为"予舍"扣"吾家"，与"书"同音。

此谜正面会意，巧辅提音，不可多得。且看谜底"舒"字解为"予舍"，与"是吾家"铢两悉称，真乃天作之合；而"读书声里"，恰好提示谜底"舒"字的读音与"书"相同。该谜面出自成句，无人工雕饰，而扣合上会意提音相得益彰，这种机缘巧合，诚可遇而不可求。全谜面雅底舒，恰如其分，声随意和，妙造自然，堪称字谜中的妙品。但说到天作之合，如果作者不为之佳配一个"舒"字，那么个中妙意则无从谈起，这是吴学平先生善于观察、勤于思考的智慧结晶。至此，我在击节称赏之余，又想起那句名言："看似寻常最奇崛，成如容易却艰辛！"

谁为此君，与可姓文（12画字）筼

杨靖高/赏析

阅读此谜，可以想见作者阅览之广、联想之敏。文同，字与可，北宋著名画家、诗人，以学名世，擅诗文书画，深为文彦博、司马光等人赞许，尤受其从表弟苏轼敬重，称颂其诗、词、画、草书四绝。文同写竹尤工，曾深入竹乡观察体会，下笔迅捷，墨色浓淡出神。苏轼《戒坛院文与可画墨竹赞》曰："风梢雨箨，上傲冰雹。霜根雪节，下贯金铁。谁为此君，与可姓文。"

谜作者对"谁为此君，与可姓文"这一句，敏锐地展开联想，由表入里：此君，在文中指画面之竹；在文外，竹也是君子之称。而"与可姓文"，文与可，其名为"同"。因此，前句隐一"竹"，后句寓一"同"，两者相聚，活脱脱一个"筼"字。见微知著，我们由此谜可以体会到，吴学平先生之所以在谜艺上成就卓著，不仅因其学养深厚、博闻强记,而且因其善于观察、敏于思考,由此日积月累,绵绵用力,方得久久为功。

孝伯亭亭直上,阿大罗罗清疏(12画字)琵
杨靖高/赏析

这是一条大拢意的字谜。题面出自《世说新语·赏誉》:"司马太傅为二王目曰:'孝伯亭亭直上,阿大罗罗清疏。'"这是魏晋时期盛行的人物评鉴故事之一。作者将事典高度概括为"王王之比",由此会意扣出一个"琵"字。

比,一般解释为"对比",但深入考察,这个"比"字不容小觑。请看题面,作者并没有引用"司马太傅为二王目曰",回避了评较的行为描述,仅列出对王恭(孝伯)和王忱(阿大)的赞语:一个亭亭直上,一个罗罗清疏。两者各具风采,相互媲美。因此这里"比"的准确含义,是二王比肩并美。"比"原有等同、匹配之义,

在甲骨文中"比"的字形，是两人比肩而行。可见"比"的运用，作者是经过深思熟虑的。

整个谜作，撷面精当稳惬，拢意简洁准确，体现出吴学平先生驭繁就简、画龙点睛的大家风范。

往来无白丁（12画繁体字）俲

杨基平/赏析

谜面语出唐代文学家刘禹锡短文《陋室铭》。《陋室铭》通篇81字，情与景会，事与心谐。细读此铭，虽言陋室小，但庭院幽幽，草色青青，给人一种充满了书香气息、超凡脱俗的宁静之感。你看，文化巨匠在此聚会、办讲座或者书友会，头戴纶巾，手摇羽扇，谈笑风生，好不惬意！"谈笑有鸿儒，往来无白丁。"意思是：在一起畅谈的都是知识渊博的人，出入陋室的没有不学无术的人。鸿儒，即大儒；白丁，指没有学问的人。这句话框定了刘禹锡的交友范围，也道出了他的交友标准。后人也多借鉴这一标准，结交高雅之士，丰富精神世界。当我们赞某人"谈笑有鸿儒，往来无白丁"时，是对其人品修养的高度肯定。

谜作者以"往来无白丁"作题，坦言刘禹锡旷达致远，不同流俗，交识的都是志同道合的有思想、有文化的学者。谜底"傚"字，拆为"交文人"关映谜面，犹如直陈其事，直抒其情，以简驭繁，理透意达，无牵笔闲墨。

曾见有一谜，也以"往来无白丁"为面，猜"管"字，析作"个个官"相扣。虽谋面取径相同，但提义扣合并不精准，殊不知，在《陋室铭》文中传递出来的信息，造访陋室者乃学问渊博之人，并非个个都是官宦人家。吴学平先生此谜更胜一筹，锤句炼字，准确生动，绾拆自如，化工天然，读之饶有佳趣。

齐奴却是来东市（13画字）碎

顾　斌/赏析

唐代诗人罗虬写了一百首组诗《比红儿诗》，择古之佳人，与官妓杜红儿相比。其中一首云："金谷园中花正繁，坠楼从道感深恩。齐奴却是来东市，不为红儿死更冤。"写的是西晋石崇为惜绿珠而殒命的故事。《晋书·石崇传》："崇字季伦，生于青州，故小名齐奴。"东市，石崇被杀之地。

石崇为惜绿珠而死，而不是为杜红儿，死得更冤枉。言下之意是绿珠不如作者钟爱的杜红儿貌美。齐奴来东市赴死，即石崇卒亡，得底"碎"字。

绿珠为石崇坠楼，石崇因绿珠受诛，两人都是宁为玉碎，不为瓦全。司马光评价说："石崇以奢靡夸人，卒以此死东市。"石崇斗富，早就埋下祸根。绿珠为玉，石崇为石，玉石俱焚。赏读此谜，亦感造化弄人，可悲可叹！

南北东西春总好(13画字)楞

杨靖高/赏析

这则灯谜,笔者揣测是先定底材后谋面的,因为之前本人也曾对这个"楞"字颇费思量。观"楞"字,四方有"木",于是想到周围绿树林立,想到东南西北正植树,也想到了五行对应"春"扣"木",可以用"春到四方"来立意。查一查中华灯谜库,所存"楞"字谜的构思均大同小异,如"东西南北春为先""东西南北东为首""东西南北共迎春""东西南北皆逢春",等等。今日看了吴先生所配的古诗成句面,不禁拍案叫绝。里面的"总"字,有综合、汇集之意,将南北东西总括为四方,再贴切不过了;而且以"春总好"收底,不仅使面意平添蕴藉,在面底扣合上也增多一份从容,比"共迎春""皆逢春"都更为隽永。由此谜我钦佩先生有二:一是腹笥丰赡,能妙手偶得;二是审底谋面,心思缜密,工夫老到。

则天下善恶不分（13画异体字）飧

杨耀学/赏析

"飧（飧、飱，异体同字，同读[sūn]）"字可拆为"歹""良""人"三部分，而"歹""良"是一对反义词，一个字能拆出意义相反的一对字，极为罕见。良（或替换为好、优、善）歹（或以恶、邪、坏、孬等替代）并举，能想出什么句子（附带加上"人"字）？"良歹"双置换（成"善恶"）并能找到成句者方为上乘。谜作者熟读经史，在《二十四史》的《周书》卷十五《于谨列传》中找到"则天下善恶不分"，不仅"善恶"皆具，更妙的是顺势将"人"用"天下"取形托出，可谓天造地设"人"相合，我们惊叹作者的博学多才与巧思奇构，于百万言的浩瀚史籍中，得此绝配之句。北周孝闵帝时，三老进谏："治国之道，必须有法，法者国之纲纪……若有功不赏，有罪不罚，则天下善恶不分，下民无所措其手足矣。"这当然是金玉良言。"天下善恶"稳扣"人良歹","不分"表示合为一体,"则"在原文作用是承接上句,入谜可解作"乃是"或虚化。

本谜具有语言学意义。"飧""飱"是同一个字的两种写法,分别为12笔、13笔,其中"飧"为正体,义为"晚餐、简单饭"。但左侧的"歹""夕"则是意义、读音完全不同的两个字,故本面只能扣"飱"。蔡芳先生另有一谜猜"飧",则是拆成"夕良人",且兼提音[sūn]——"闻声只为思春切,夜来好向郎边去"。同字异体,在灯谜中,它们分开了。通过两谜,讲清楚了这个字。

作为中医,我对这个一般人不常用的"飧",是熟知的。《内经》名言:"清气在下,则生飧泄。"飧泄,中医病名,指大便泄泻清稀,并伴有不消化的食物残渣。

太极仙翁得道（14画字）蕅

顾　斌/赏析

太极仙翁者，乃是三国著名高道葛玄，道教灵宝派始祖，号仙翁，道教尊为葛仙翁，又称太极仙翁。他的侄孙葛洪，也是一位道教学者，世称小仙翁。葛洪著有《神仙传》，留有记述葛玄的专门章节。《金陵六朝记》载："吴帝赤乌七年八月十七日，葛玄于方山上得道，白日升天。"

得道，本指古代道家达到顺应自然、与天合一的境界，在这里将"道"字转义为说话，扣"言"（即"讠"），以太极仙翁扣"葛"，谜底呼之欲出。成谜手法干净利落，无闲字剩意。

这个"蕅"字让我想起一位谜家——蕅园主人徐家礼，他在《蕅园谜剩》序中说："颜之推讥鲍照谜字，谓取会流俗，不合形声。"鲍照"井"字谜，"二形一体，四支八头"，自作不典。吴学平先生"蕅"

字谜,典有所出,构思巧妙,相比之下,拙巧自辨。

太极仙翁得道(14画字)蔼

杨耀学/赏析

葛玄(164—244),字孝先,三国时孙吴道士,乃道教四大天师之一,人称"葛仙翁",又称"太极仙翁"。因他是著名道学家,称"得道"极其稳惬。得道是指道家通过知道、识道、悟道,进而领会终极真理,达到顺应自然、与天合一的境界,也可理解为获得天人合一的方法。面意如此,扣底时将"蔼"分成"葛、言"两部分,以"葛"对应"太极仙翁",是唯一专指,确切不移;"道"会意扣"言",不言而喻。

本谜颇有台湾谜特征。"蔼"字谜,大陆有一条"来者亮出卧龙名",底字加"者亮"而成"诸葛亮"。两谜相较,可见海峡两岸谜作的不同风格。

扪虱雄豪空自许（14画字）璈

杨靖高/赏析

面为陆游《即事》句。典缘《晋书·王猛传》，喻王猛傲世之貌。"敖"通傲。

本谜是运典以章旨会意的字谜范例。首先，扪虱雄豪是谁？话说五胡乱华，晋廷东迁，司马睿在建康建立东晋政权。经过一番整训，东晋重臣桓温率兵北伐，当进军函谷关时，有一村夫着麻布短衣，来求见桓温。他与桓温从容不迫地纵谈天下大事，一边用手扪捉身上的虱子，一边侃侃而谈，旁若无人。"扪虱而谈"的这个人叫王猛，也的确是个猛人，他博览群书，有经天纬地之才，后来辅佐一代雄主苻坚，官拜前秦的丞相、大将军，扫平群雄，统一北方，被称作"功盖诸葛第一人"。可惜当时，桓温北伐不果，在回师时邀请王猛一起南下归晋，王猛还山咨师，其师曰："卿与桓温岂并世哉！在此自可富贵，何为远乎！"猛听从师言，没有去。否则东晋有此人为辅，当有另一番气象。其次，说说"空自许"。王猛年轻时家里很穷，但他手不释卷，关注天下时势，胸怀伟略，对周围的琐屑之事不以为然，因此那些华而不实的读书人都因他的傲气疏远并且取笑他。但当地官员徐统见到他后很吃惊，赏识他并召他做功曹。他逃避没有应召，隐居在华阴山。王猛的自许，并不为空，后来他的王佐之才终得施展。空自许，只是他怀才不遇时周围凡人的嘲笑罢了。而题句原诗的作者陆游，倒是空有宏图而壮志难酬。王猛自有抱负，傲世不群，王傲有傲的理由，这种自许是自信自强的表现。

鸟见之高飞（14画繁体字）㗊

杨靖高/赏析

面为《庄子·齐物论》句。底拆为"羽怕"。羽，代鸟。

题面出自《庄子·齐物论》，意思是说，毛嫱、丽姬是众人欣赏的美女，但是，鱼见了她们就潜入水底,鸟见了她们就飞到高空,麋鹿见了她们就赶紧逃跑。这是后来人们常说的成语"沉鱼落雁""闭月羞花"的出处本源。然而庄子认为:"鱼见之深入,鸟见之高飞,麋鹿见之决骤,四者孰知天下之正色哉?"人们所认为的美人,鱼、鸟、麋鹿见了却避之唯恐不及,这四者,谁知道人间的真正美色是什么?它们不会像人们附会的那样,对丽人的美貌比之不及而羞愧,它们见了只是怕,只会跑。鸟见之高飞,这是鸟的本能反应。谜作者如实表达题面原文的本意,会心选出一个"慴"(同"慑")与之配底。"慴"已有恐惧、害怕的意思,但将之拆为"羽怕",则扣合更加通洽。本谜溯源去伪,揭示本真,具白描写实之美。

至今犹似鼎分时(15画字)磊

杨耀学/赏析

面句见于唐末五代诗人朱存《金陵览古·段石岗》。诗云:"孙吴纪德旧刊碑,草没蟠螭与伏龟。惆怅岗头三段石,至今犹似鼎分时。"朱存是南唐金陵人士,有《金陵览古》200余首,洋洋大观,都是写的金陵(今南京)。看到草中掩埋的裂成三段的石头,回忆起当年的鼎足三分。这样,本诗就有了"折戟沉沙铁未销"的韵味,两者都是缅怀三国那段历史。这个"三段石",也有人(比如宋代的杨修)写作"三断石"。本谜作者是博古的,深谙本诗之意,"犹似鼎分",鼎足三分的思路从"三石"而来,"三石"是象征物,托出"磊",正是这句诗、这首诗的精髓。

本诗以断石回忆三国事,曾有人认为本诗写的是甘露寺前刘备、孙权各砍一剑的"试剑石",《三国演义》中有诗"两朝旺气皆天数,从此乾坤鼎足成"。也是石断,也是"鼎足"。但细察本诗,应该不是咏此石。试剑石在镇江,且两剑劈为十字纹,而不是三段。根据文学史专家考证,朱存此诗乃凭吊孙权陵墓所作。"孙吴""纪德""刊碑""草没""蟠螭"等,皆合金陵吴王坟之景,由此产生对三国的幽思也颇合文人心理。诗人揽胜，抚今追昔，沧海桑田；谜人读史，随影换步，挥手神来。

京兆笔（多笔画字）氂

杨耀学/赏析

用三字来打一字，可谓简洁到极点，然而它有人物，有典故，扣合工巧，谜思盎然。将底字上下拆为"敲毛"，再行会意述典。

我很小的时候，就记住了一副对联。那是在我家隔壁有人结婚时贴的："西阁画眉张京兆，东床坦腹王右军。"长大之后，逐步明白了其意义，上下联各说一位名人——汉代张敞和晋代王羲之，联述正是他们的婚姻爱情轶事。张敞在汉宣帝时做过长安京兆尹，故称"张京兆"，他与妻感情甚笃，常常在闺房给妻子用笔画眉毛，"西阁画眉"即此意，也是为了与"东床"对仗。本谜以"京兆笔"述典，用笔即挥毫，有人有物有故事，人即"敲"，物即"毛"，合为"氂"字，古意入谜，精当典雅，功力不凡。熟悉此典者可在猜中的同时欣赏到谜作者的才学。

底字"氅"与"敞"同音，皆读chǎng。"氅"是汉民族男性外衣，由道教"鹤氅"转化而来，是对襟大袖的宽大袍服。后此字通用于外衣，"军大氅"即是。谜界前辈张亚谟有一名作，以"貂帽鹤氅"猜成语"衣冠禽兽"。

一纵不可缆（多笔画字）激

杨耀学/赏析

唐代韩愈《秋怀诗十一首》诗句："有如乘风船，一纵不可缆。"联系上下文，意思是在顺风顺水的情况下发船，船行得很快，收缆不住，有点类似"一发而不可收"的意境，顺利、迅速，持续向前。曾见《余杭晨报》一篇写中国高铁走向世界的报道，就是用《有如乘风船，一纵不可缆》作标题。

面意如此，将底"激"字斜拆为"泊、放"两部分，会意扣出，"泊放"成为面意写照。"泊"和"放"的意义本来是相反的,"泊"指船靠岸,停泊不动;"放"指发出、开出,与"纵"同意。在"放"前加"泊",细品味道很好,这是一个从停到行、从静到动、从收到发的过程,如马脱缰,似箭离弦,然而必须体现出是水中在行船。面上"纵"和"缆"的反义对应,传神于底,用"放"和"泊"托出,十分精妙。更巧的是"激"的字义,也是静后之动,是水受阻碍后震撼涌动,迅疾奔放而猛烈。由形扣所出,意义却相关。

"激"能拆成"泊放",谜人多有注意,关键是面要拟好。陆滋源先生曾作"有钱不买金生丽",来源于一则故事,"金生丽"是"水"的代称,顾客识破卖酒的掺了水,不买了,这是"白水放",将"激"一分为三。而我的思索则是,"激"中有一个完整的"放",这个字是怎么造出的?

一纵不可缆(多笔画字)激

顾　斌/赏析

谜面取自韩愈《秋怀诗十一首》："有如乘风船，一纵不可缆。"诗中表达了作者的矛盾痛苦之情。高尚之士，要降低自己的人格而去随波逐流，性所不堪。其心情就如同那乘坐的船只，开始是平稳的，但一遇大风就无法抓住缆绳一样。

所谓一纵者，放任自流也，扣"放"字；缆者，系缆船舶也，扣"泊"字。此谜以叫出法解析之，即假设谜底为"激"，"一纵不可"指去掉"放"字，便为"缆"即"泊"字。台湾灯谜喜以会意别解，同样表现在字谜上，不尚增损离合，令思者深入一层。

记得在学谜时曾见有一画谜，造意为"龙头哗哗没入关"，猜离合字"激水白放"。"激"字的中间部分居然可以上下分开再行组合，对此颇感惊诧。再回头看看这条字谜,"一纵不可缆",不正是放开束缚、信马由缰吗?韩愈接下来的想法是:"不如觑文字,丹铅事点勘。"放飞自我,"激"扬文字,变成华丽的转身。

今其室十无四五焉(多笔画繁体字)鋸

杨耀学/赏析

面为唐代柳宗元名篇《捕蛇者说》中句,其扣合思路是:十室无四五,那么只有一室了(四、五相加为九),成"余一居"之意。将"余、一、居"上下左右契合而为"鋸"字。这种形扣,是以义扣为基础,最后进行组装。本谜体现了台湾灯谜的典型特性,或者说,此法是台湾字谜主流。说它仍属形扣,是因为本谜无涉"鋸"的字义。大陆字谜"笙箫笛管二重奏"打"欲"(八人吹)也是走这种路子的。

解析本谜,应明确以下三点:

一是"余一居"并非面文原意,它经过了谜意解读、谜法处理,"其室十无四五",

原指还有五六，是半数尚存。捕蛇者说："曩与吾祖居者，今其室十无一焉；与吾父居者，今其室十无二三焉；与吾居十二年者，今其室十无四五焉。"住户流失与时间对应很明确。在猜此谜时应该理解柳宗元文的原意，揭示唐代民生原貌。

二是本谜只有繁体字才能扣合。"鋸"现在大陆写作"锯"，但作为台湾谜，谜目无需标"繁体字一"。评析本谜，不仅便于体会台谜艺术风格，对了解繁体字也有所裨益。

三是根据创作思路，本谜还可猜"鎵"，"家"也可对应面上的"室"，则此谜似乎多底。看来标出底字笔画数是避免多底的可行之道。谜底右侧所以选择"居"者，盖因面为古文，"居"字更显古雅，且面原文有"与吾祖居""与吾父居""与吾居"的前述，是对面文的一种踏实性呼应。

也识君夫婿,金鱼挂在身(多笔画繁体字)館

杨靖高/赏析

题面出自李贺的诗,这首诗所述之事颇有意味,笔者就多用点文字来介绍一下。诗的题记全文是:"谢秀才有妾缟练,改从于人,秀才引留之不得,后生感忆座人制诗嘲诮,贺复继四首。"说李贺的同窗好友谢秀才有一妾,名为缟练,后来改嫁了别人(根据相关题诗,是嫁了一个粗鲁的武夫),秀才挽留不得,也只好随她的愿罢了。后来谢秀才对此事难以忘怀,在座的好友也都为谢秀才鸣不平,制诗对这个小妾进行嘲诮。李贺也做了四首,其中有含题面句的一首如下:"谁知泥忆云,望断梨花春。荷丝制机练,竹叶剪花裙。月明啼阿姊,灯暗会良人。也识君夫婿,金鱼挂在身。"诗中,李贺认为谢秀才一定会怀才得遇、功成名就的。到那时,谢秀才与之前的处境有云泥之别,是金鱼挂在身的高官,那个小妾一

定会后悔,她会向阿姊(阿姊,谢秀才的妻子。古时妻妾有姐妹之称)哭啼不该改嫁。《诗》云:"今夕何夕,见此良人。"良人者,夫君之称。谜作者,也认同李贺的意见,以一"館"题赞,解读为"良人官",旧时的夫君官居高品。品味整个谜作,把握典事主旨,不蔓不枝,析字扣合,雅切不浮,显离合字之紧要,得章旨谜之精髓。

名都多妖女(多笔画字)蹴

杨靖高/赏析

谜面出自曹植的《名都篇》:"名都多妖女,京洛出少年。"《名都篇》全诗写一位风度翩翩、身手矫健的英俊少年,携众出郊狩猎,尽显高超的骑射本领,之后以美酒珍馐宴乐,直到白日西南,方兴尽还都。"名都多妖女"为原诗首句,以起兴手法引出主人公京洛少年。这里的"名都",即当时的京城洛阳。实际上"京洛"一词,因洛阳自周朝洛邑开始,后代屡作都城,从而成为京城的代称。如唐朝诗人卢照邻《送梓州高参军还京》"京洛风尘远,褒斜烟露深"中的京洛,实指当时的都城长安。"多妖女":有众多妖娆的美女。谜作者将"多妖女"概括为"足、尤(物)"二字,意指有足够多尤物般的美女。这里的"妖女"没有贬义,指娇艳美好的女子。而"妖女"是不是可用"尤物"来指代呢?尤:特别、异常。尤物,原意是珍奇之物,但尤物在中国多是指人的,专指"特别漂亮的女性"。其出典为:晋国大夫叔向要娶申公巫臣和夏姬所生的女儿,而叔向的母亲则想要他娶自己亲信的女儿。为了说服叔向,她的母亲便说:"女何以为哉?夫有尤物,足以移人,苟非德义,则必有祸。"并说:"吾闻之:'甚美必有甚恶。'"尤物,被定义成甚美必有甚恶又会带来祸端的女子,这不就是我们一般人印象中的妖女吗?唐朝诗人元稹在其所作的《莺莺传》中,更将"尤物"明确地解释为妖女:"大凡天之所命尤物也,不妖其身,必妖于人……昔殷之辛,周之幽,据百万之国,其势甚厚，然而一女子败之……"他说过去的商纣王和周幽王，据百万之国之强盛，都因为一个个妖冶女子亡国了。妲己、褒姒这样的尤物多可怕，她们以绝色之美迷乱国君祸害国家，不啻是美甚恶甚的妖女。中国古代文人常以红颜祸水来为王朝的衰灭甩锅，这类奇谈便源自"尤物有祸"论，成于元稹的"尤物妖女"说。上述背景介绍，可加深我们对这则灯谜构思的理解。"名都多妖女"，以"京、足、尤"三字会意扣合，得出一个"蹴"字，归纳简约，而意味"尤"深，可见吴学平先生对古典文化及对相关字词的要义无不谙熟于心，由此在会意字谜的解构和结体上方能运用自如。这种点睛功夫在谜外。

斯君子受之（多笔画字）钱

杨耀学/赏析

面句见于《孟子·万章章句下》。今分为"君子""受之"，各取别义，"君子"扣"竹"，"受之"扣"钱"，合而为"篯"。

"斯"是"这个"的意思,可作抱合词。

"君子"扣"竹",在谜界由来已久,也得到认可。早在《诗经》中,古人见竹子疏朗潇洒,便想起君子的修为。欧阳修曾言:"竹色君子德。"古人以竹追思君子,见竹如见君子。"受之"扣"钱",因为明末清初的东林党首领、文坛盟主钱谦益(常熟人,常熟虞山景区有其陵墓),字受之。

谜作者为谦谦君子,精通谜艺,熟读古籍,成竹在胸。从《孟子》的鸿篇中寻出此句,用妥帖扣合,隐射一字,易如探囊取物,巧事勾连,妙意天成。"斯君子受之"原意何在?原文"今之诸侯取之于民也,犹御也。苟善其礼际矣,斯君子受之,敢问何说也?"是孟子的弟子万章请教孟子的话。意为:今天这些诸侯,他们的财物取自民间,这和拦路抢劫一样。假如还能讲些交际礼节,这些君子也就接受了,请问这有什么说法呢?

谜底"筬",不常用字,读音为 jiān,有"竹子""马具""姓"三义。

读高人的谜作,使我们学到典故,重温古籍,增长知识,新识文字,可谓善莫大焉。

后 记

受长安文虎社《百家字谜》丛书编委会重托,有幸为台湾谜家吴学平先生选辑字谜300则并添加注释。在认真拜读吴先生灯谜著作过程中,惊叹先生博览群书,腹笥丰赡,旁征博引;成谜之法,不拘一格,诸味杂陈,斗角勾心,曲尽其妙,是谜界中不多见的学问大家。

吴学平先生字鲁同,嗜谜五十余载,作品集结《鲁同商灯》一册。吴先生在该书《后记》中叙述他对制谜的个人嗜好:"余制谜揩面喜择成句,其来必有所本,以典雅高华为尚,设题不刻意堆砌铺张,但求扣合踏实贴切。运典以经史正传文籍为本,若稗官野史或江湖小说则不足为训也。"他强调其制谜的个人风格追求:"另有一自我约束,凡所拟谜作,就中犹以字谜益严。文谜亦然,题文文字所属部首与答案文字绝对避免有所抵触,即俗所谓'局部露春'是也。""夫既曰隐也，则务宜谨守之，勿使留有蛛丝马迹于其间。"吴先生对己严，对人宽。他说："然此一设限，纯属基于个人风格自我之要求，并不排斥他人之所为。"

本书选辑吴先生生平字谜300则，力图呈现他孜孜矻矻数十载的灯谜精品和反映他特立独行的作品个性。先生谜作的特点，除了如他自述的喜择成句和避开"半露面"的嗜好之外，他的谜作中大量运用有籍可查的通假字搭建简约的谜构，显现了先生深厚的古文功底。吴先生最擅长于运用山水人物、花鸟虫鱼等自然界万物别称借代入谜，这类谜在他的作品中俯拾皆是，叹为观止。另外，诗韵目也是他信手拈来的制谜工具。相信读者欣赏体味这些谜后，不仅能收获大量人文学识，也一定能体会到灯谜殿堂的广阔深邃。但由于这类知识在现代实用性较差，故略选一二，浅介辄止。而吴先生甚为拿手的即日即兴谜，也因囿于时限、难以推介的原因而忍痛割爱。

吴先生谜作皆涉经典和古诗文，对于本

书的阅读对象学生和年轻灯谜爱好者来说,不加注解较难看懂。而受篇幅所限,也只能简短注释,难尽其详。本人受学识所制和手头资料所囿,虽尽力为之,注释谬误之处难免存在,望明示指正为祷。

武骝谨识

2019年新正于隐墨斋